RAIMUNDO MATOS DE LEÃO

Ilustrações
MARCELO MARTINS

PRIMAVERA POP!

Coleção Jabuti Vida

3ª edição
4ª tiragem
2014
Conforme a nova ortografia

Editora Saraiva

Editora: CLAUDIA ABELING-SZABO
Suplemento de trabalho: MARCIA MAISA PELACHIN
Preparação de texto: CARMEN TERESA SIMÕES COSTA
Coordenação de revisão: PEDRO CUNHA JR. E LILIAN SEMENICHIN
Gerência de arte: NAIR DE MEDEIROS BARBOSA
Supervisão de arte: JOÃO BATISTA RIBEIRO FILHO
Impressão e acabamento: COMETA GRÁFICA

Dados Internacionais de Catalogação na Publicação (CIP)
(Câmara Brasileira do Livro, SP, Brasil)

Leão, Raimundo Matos de
Primavera pop! / Raimundo Matos de Leão; ilustrações Marcelo Martins. — 3.ed. — São Paulo : Saraiva, 2003. — (Jabuti)

ISBN 978-85-02-01878-5
ISBN 978-85-02-01877-8 (professor)

1. Literatura infantojuvenil I. Martins, Marcelo. II. Título. III. Série.

97-5486 CDD-028.5

Índices para catálogo sistemático:

1. Literatura infantojuvenil 028.5
2. Literatura juvenil 028.5

Editora Saraiva

Rua Henrique Schaumann, 270 — Pinheiros
CEP 05413-010 — São Paulo — SP

SAC 0800-0117875
De 2ª a 6ª, das 8h30 às 19h30
www.editorasaraiva.com.br/contato

202781.003.004

Para os amigos de infância e meus irmãos Eliana, Ângela e Francisco. Meus agradecimentos a Teresa Cristina Bilotta, Giancarlo Salvagni e Ébano Souza Schetty.

Pequenas Histórias

Ana Maria foi até a biblioteca do tio. Era o lugar mais gostoso da casa, com suas estantes escuras abarrotadas de livros. Eram tantos que se espalhavam por cima das mesas, pelo chão, por todos os cantos.

Uma bagunça arrumada, assim dizia ele. Os livros e os objetos conviviam com os discos numa confusão muito bem administrada.

Tio Miguel era muito querido pelos sobrinhos. Curtiam ouvi-lo contar histórias de outros tempos. Riam quando ele cantava umas cantigas fora de moda, mas gostavam da sua coleção de discos: Madonna, Peter Gabriel, Caetano Veloso, Paralamas, Paulinho da Viola, Gal Costa...

Ana Maria não se espantava com o jeito do tio. Dava gosto ouvi-lo contar sobre uns filmes que não passavam mais nos cinemas e, às vezes, eram exibidos nas cinematecas ou então na televisão naqueles horários em que ela dormia.

Além de livros, discos, quadros e objetos inusitados, a biblioteca oferecia tranquilidade. A cortina transparente quebrava a luminosidade vinda de fora quando Ana Maria entrou na sala.

Aproximando-se da mesa cheia de papéis, descobriu um caderno de capa desbotada, engordurada. Ana Maria não resistiu. Ao abri-lo, viu suas páginas manuscritas. A letra era do tio Miguel. Na primeira página estava escrito: PEQUENAS HISTÓRIAS.

Pegou o caderno e foi se acomodar na poltrona perto da janela. Lá fora, no jardim, Albertina varria as flores caídas do ipê amarelo. Antes de iniciar a leitura das histórias, Ana pensou: "Será que devo ler, sem permissão do tio?".

O caderno ficou no colo. Enquanto isso, a garota remoía as consequências do seu ato. Tio Miguel poderia ficar zangado, proibindo-a de entrar na biblioteca. Ela e o tio tinham lá as suas cumplicidades, seus acordos. Mas invadir a privacidade dele... Sua mãe não cansava de avisar:

— Muito cuidado com as coisas do Miguel. Não faça bagunça nem se torne um elefante na vida dele.

Ana não gostava de se ver como um elefante. Não tinha nada contra os elefantes, gostava deles na sua enormidade lenta. Mas ela era uma menina! Adolescente, ou melhor, pré-adolescente. Foi assim que a professora Teresa referiu-se a ela quando encontrou sua mãe no bazar de trocas realizado pela oitava C.

Mas como deixar de ler aquelas histórias? Não resistiu. Abriu o caderno e mergulhou nele esquecendo o mundo a sua volta. Os ruídos vindos da rua ficaram distantes e Ana, concentrada no ato de ler, embarcou naquele universo de letras miúdas, com borrões, rabiscos e desenhos.

A segunda página tinha sido aberta com uma observação:

Estas histórias, algumas verdadeiras e outras nem tanto, são histórias da minha vida quando criança. São lembranças que o tempo, sabão da mente, pode apagar.

A curiosidade da garota aumentou. Estava ali, ao seu alcance, a infância de tio Miguel. Esse tio que, para ela, parecia ter sido sempre adulto. Um adulto brincalhão, é certo, mas adulto.

A primeira história contava sobre uma caixa.

A CAIXA DE TRECOS

Eu tenho uma caixa de trecos.

Trecos são aquelas coisas que eu ganho, acho ou faço. Tenho muitas coisas na caixa de trecos: tampinhas de refrigerantes, folhas secas, as mais bonitas! Figurinhas de jogadores, de artistas, de heróis dos quadrinhos e de bicho também. Tem parafuso, prego, chave enferrujada, bolinhas de gude e uma variedade de sementes. Tem estampa do sabonete Eucalol, presente de Zé Dindinha.

Esses trecos eu vou juntando e minha mãe sempre me diz que eles são lembranças.

Eu não consigo esquecer a coleção de trecos. Nela estão a cartilha onde aprendi o bê-a-bá, um carrinho que fiz com uma lata de sardinha e rodas de carretel, um bico de mamadeira e umas pedrinhas bem lisas catadas no rio do Peixe. Meu pai falou que elas se chamam seixos rolados. Rolados de onde?

Na caixa de trecos tem uns óculos sem lentes, lembrança do seu Pio, e um relógio antigo faltando um ponteiro, presente do meu avô Isalino. Ah, um vidrinho de perfume que deixa um cheiro gostoso na caixa de trecos e foi dado por minha mãe.

Ana Maria pensou na sua avó, que ela não tinha conhecido. Só por retrato, o que não é a mesma coisa. O pensamento passou e ela retomou a leitura.

Eu vivo querendo aumentar a minha coleção de trecos. Como eu desejo o canivete do seu Joaquim da padaria! Ou então o nariz postiço do palhaço Jatobinha, que se apaixonou, deixou o circo e ficou morando na minha cidade. Quando vou dormir, fico pensando no que o palhaço fez com o nariz redondo e vermelho, já que não faz mais parte do circo. Daí prometo para mim mesmo:

— Um dia eu ainda peço aquele nariz pro Jatobinha!

Ana Maria riu baixinho, como se o seu riso pudesse atrapalhar o sonho do menino da história.

A minha irmã mais velha tem a sua caixa. Só que a dela é de segredos, como ela gosta de dizer. Aqui para nós, quem inventou essa história foi a minha irmã. Às vezes reconheço isso, e não me importo de dizer que a minha caixa só existe por causa dela. Tem gente que diz que sou invejoso, mas nem ligo! É até gostoso cada um ter a sua caixa de trecos. A gente sempre fica com vontade de ver o que o outro achou ou ganhou de novidade para guardar.

Quando eu fiz onze anos, encontrei um bilhete no caderno da escola, dizendo assim:

Sua mãe é uma rosa.

Seu pai é um jasmim.

Eles brincaram no jardim.

E você nasceu pra mim.

Nunca consegui descobrir quem tinha escrito o bilhete com letras pequenas e redondas. Mostrei o bilhete para minha mãe. Ela riu, afagando os meus cabelos, e disse:

— Você tem uma admiradora. Uma colega que gosta muito de você!

O bilhete foi parar na caixa de trecos.

Tem dias que eu e Clara brigamos muito, um querendo ver o que o outro conseguiu de novidade para a sua coleção. Às vezes trocamos algum treco, discutindo muito para não sairmos perdendo na barganha. De vez em quando, dou um presente para Clara e ela também me dá outro, e não precisa ser no aniversário, não. É gostoso ganhar um treco!

Nesse momento, a voz de Albertina cortou o silêncio da biblioteca, tirando a garota da concentração em que estava.

O mergulho naquele universo despertava-lhe sensações diversas.

— Ana, venha tomar um suco de laranja! — insistiu Albertina lá da cozinha.

Ana Maria, sem muita vontade, deixou o caderno. Ao entrar na cozinha, foi logo abordada:

— Você não está desarrumando as coisas de seu tio, está?

— Não. Mas descobri uma coisa. Só conto se você prometer que não diz pro Miguel. Promete?

— Não prometo nada. Sei lá o que você aprontou, menina? Seu tio é legal, mas não gosta de gente intrometida.

Ana terminou de tomar o suco de laranja e voltou correndo para a biblioteca, acompanhada pela voz de Albertina:

— Não se esqueça do horário da escola!

Ana Maria retomou a leitura. Queria terminar aquela história antes de ir embora.

Fico horas entretido com meus amigos colecionadores, fazendo trocas. Outro dia, foi uma luta para conseguir trocar, com Tinho, um navio dentro de um vidrinho, que eu queria muito. Ele não aceitava nada em troca, tudo que eu oferecia ele não queria. Até que falou:

Só troco o navio pela miniatura de tabuleiro de xadrez.

Foi um choque. Eu não queria perder o tabuleiro de xadrez, mas não teve jeito. Tinho insistiu tanto que terminei fazendo a troca.

Os dias passam e minha caixa de trecos vai se enchendo de novidades. Qualquer hora vou trocar a caixa por uma maior. Quando eu crescer, será que vou conseguir guardar tudo o que juntar até ficar velhinho como o vovô? Meu avô Isalino gosta de guardar coisas, como lata vazia, barbante, papel de embrulho, cartas e cartões. Mas até hoje não descobri se ele tem uma caixa de trecos e, se tem, não sei onde está guardada.

Tem dias que fico no meu canto, querendo guardar coisas impossíveis, como um raio de sol ou a luz do luar, um pedaço do arco-íris ou uma estrela cadente. Um dia, quem sabe, eu consigo, não é?

Ana fechou o caderno, colocando-o sobre a mesa. Olhou a biblioteca. O lugar parecia uma caixa de trecos. Uma caixa muito grande, abarrotada de coisas. Cada objeto — livros, quadros, discos, filmes — era um treco guardado com muito cuidado. O gostoso era que tio Miguel não precisava esconder a sua caixa de trecos. A porta da sala estava sempre aberta para quem quisesse entrar e descobrir...

Despediu-se de Albertina com um beijo, prometendo voltar outro dia, para almoçar com ela e Miguel.

— Venha, sim! O seu tio fica muito contente quando os sobrinhos aparecem por aqui. E, quando é você, o riso dele aumenta, numa felicidade só.

A garota pegou a mochila e saiu.

Ao longo do caminho sentiu-se uma intrusa, mas deu de ombros. "Deixa pra lá! Não tem mais jeito." Ela tinha lido a história de um menino... e o mais gozado de tudo é que a história parecia ter sido escrita por ele. Um menino que era seu tio e ao mesmo tempo não era. Uma coisa muito confusa!

Voltaria outro dia para continuar a leitura.

De Repente, Pintou a Culpa

A primeira aula da tarde demorou para acabar, parecia que o tempo não passava. As outras, na certa, demorariam tanto quanto a primeira. Ana não via o momento de conversar com Maju e Ricardo.

Dos conteúdos que a professora ensinava, pouca coisa tinha a ver com a vida e as questões que preocupavam a garota. E olha que Ana era daquelas alunas das mais interessadas. Não que fosse "caxias" ou "cê-dê-efe", como aqueles alunos que sentam na frente, não faltam à aula, decoram tudo e não questionam nada. Ana não era desse tipo. Gostava de estudar, sobretudo de ler. Lia tudo o que lhe caía nas mãos, e assim aprendia.

Finalmente! A campainha tocou e logo se ouviu uma algazarra nos corredores. O pátio se encheu de juventude. Ricardo esperava Maju e Ana. Formavam um trio inseparável. Ana passou a contar a descoberta com detalhes. Ricardo, interessado, foi logo dizendo:

— Acho estranho homem ter diário. Acho que diário é coisa de mulher.

Maju virou a cara. "Que sujeito mais bobo, esse Ricardo!", pensou e defendeu a ideia de que diário não era propriedade do mundo feminino, embora não soubesse de nenhum amigo que estivesse escrevendo um. Prometeu a si mesma investigar e, assim que tivesse uma informação precisa, iria esfregá-la no nariz de Ricardo.

O garoto não discutiu. Estava mais interessado em saber sobre os escritos descobertos por Ana, mas levantou uma questão:

— Se é um diário, como é que você foi lendo assim, sem mais?

O silêncio instalou-se no grupo. Ouviam-se apenas o barulho do refrigerante tomado de canudinho e a algazarra do pátio do colégio.

— Mas não é um diário com coisas íntimas. É um livro de histórias, contadas como se ele fosse um menino. Até agora, não li nada que fosse segredo.

A Maju acabou de tomar o seu guaraná e, muito séria, arrematou:

— Você tá me saindo uma perfeita babaca, Ana Maria. Pra você, coisa íntima é coisa proibida? O seu tio pode achar tudo aquilo que escreveu da maior intimidade, mesmo que não tenha um palavrão ou um fato que ele queira esconder. Sacou?

— Tá legal, tá legal! Já estou me sentindo um personagem daquele antigo programa *Você Decide*: "A menina deve ou não deve continuar lendo o diário do seu tio?". Vocês querem parar?! Parece que cometi um crime!

— Então conta logo, estou doido pra saber das baixarias do seu tio! — falou Ricardo.

— Corta essa, Ricardo! As histórias do tio da Ana foram escritas como se ele fosse uma criança!

— E criança não dá baixaria?

A frase de Ricardo ficou sem resposta. A campainha chamou os alunos para as salas.

As aulas terminaram sem que Ana Maria pudesse contar para Maju e Ricardo a história da caixa de trecos. Ana foi esperar o ônibus, pensando em fazer uma visita ao tio Miguel.

Precisava conversar com ele. Ser sincera e contar que havia lido...

No ônibus, os pensamentos foram atropelados pelas pisadelas, os esbarrões, o empurra-empurra e o calor.

Ana desceu no ponto e foi pelo quarteirão, observando as vitrinas. Tinha uma porção de roupas para a idade dela, numa loja bem legal. Uma loja onde os vendedores eram os maiores gatos! E havia umas gatinhas também. "Quando der, vou arranjar um emprego numa loja dessas! Mas meu pai vive dizendo que é melhor eu estudar..."

Chegando em casa, só faltava ele. Na certa, estava preso no trânsito ou naquelas intermináveis reuniões que o deixavam tenso e nervoso. Quando o jantar foi servido, Cid chegou.

Era bom quando todos estavam reunidos para comer. Cid, mesmo cansado, não deixou de fazer piada sobre o filho Kiko e seu visual *grunge*. Clara, a mãe, perguntou sobre a escola dos filhos e avisou que não iria poder levá-los ao *show* da Madonna. Cid, antes que alguém resolvesse intimá-lo, disse que não gostava da cantora. Se fossem os Beatles, podiam contar com ele, ao que Kiko, com a boca cheia, contestou:

— Pai, você é um dinossauro!

Ana Maria tentou convencê-los. Sabia que, sem a companhia de um adulto, não poriam os pés no estádio para ver a "*material girl*". Não adiantou nada! Nem a promessa de ficar sem presente no Natal comoveu Clara e Cid. Nada de ambição loira! Ambição tomando conta da cidade.

"Pois que fiquem em casa ouvindo os Beatles! Vou encontrar alguém para levar o Kiko e eu." Levantou-se da mesa e foi para seu quarto. Kiko, ao telefone, combinava alguma coisa com a turma.

Quando Kiko largou o fone, Ana foi correndo ligar para Maju. A conversa girou em torno dos escritos do tio e do *show* da Madonna. Foi aí que a Maju veio com uma brilhante solução:

— Ana, por que você não pergunta ao seu tio se ele topa levar vocês? Ele tem cara de quem gosta desses embalos. Se topar, está resolvido e eu vou com vocês...

— Maju, pra você tudo se resolve assim, num passe de mágica! E o caderno...

— Conta tudo pra ele. É melhor assim. Se o seu tio não gostar, paciência! O que você não pode é ficar com essa coisa "urgh" no juízo. E depois, minha amiga, tem a Madonna. Coragem! Seu tio é uma pessoa incrível! Agora, conta o que você leu no caderno.

O telefonema foi ficando comprido, comprido, até que a mãe começou:

— Desliga esse aparelho, que a conta vai ficar pesada. Além disso, deve ter alguém querendo ligar para cá.

A filha resmungou e desligou. Num rompante, saiu da sala para o quarto. Estava sem vontade de estudar a matéria do dia. Decidiu ouvir música e ficou olhando a paisagem. Ainda bem que o apartamento era bem alto, sem outros prédios em volta. Dava para ver os contornos da cidade toda iluminada.

Assim que amanheceu, Ana pulou da cama, decidida a ligar para o tio.

— Fale.

— Por telefone não dá, tio. Posso ir a sua casa?

— Hoje não, tenho compromisso. Que tal no sábado? Podemos almoçar juntos, topas?

— Esperar até sábado!!! — reclamou a garota, ansiosa.

— Sábado é amanhã, Aninha! Olha, vamos fazer o seguinte: se der, passo aí hoje à noite. Não prometo. Caso eu não dê as caras, nosso almoço está de pé. Um beijo!

Ana desligou. Estava eufórica. O saco era esperar até a hora do encontro. Sem ter muito o que fazer, foi para o quarto do irmão jogar conversa fora.

— Kiko, o que você acha de um diário?

— Uma coisa careta.

— E de homem fazer diário?

— Se ele gosta, tudo bem! Eu não tenho saco pra ficar escrevendo coisas num caderno. Isso é devagar demais!

— Eu acho que tio Miguel tem um diário!

— Legal!

— Legal o quê, Kiko?

— O Miguel ter um diário. Ele é um cara que tem uma porrada de livros, gosta de ler, gosta de escrever.

— Será que ele leva a gente no *show* da Madonna?

— Boa ideia. Vamos falar com ele.

— Amanhã nós vamos almoçar.

— Eu também vou.

— Não, ele não te convidou. O assunto é entre mim e ele. Não quero você por perto.

— Tá legal, guria, não vou abusar. Se você não conseguir convencer o tio a ir ao *show*, deixa comigo.

A Conversa no Almoço

Quando Miguel chegou na casa da irmã, Ana não tinha terminado de se arrumar. Passara horas experimentando várias roupas, até encontrar uma que lhe caísse bem. Faltava dar um jeito no cabelo.

Miguel ficou de conversa com Clara. Indagado sobre o motivo do almoço, informou que nada sabia.

Ana apareceu na sala. Miguel fez um elogio.

— Não encha a cabeça dessa menina, Miguel! — disse Clara.

— Deixa de ser chata, Clara. Na adolescência você era vaidosa!

— Vamos, tio. Estou com fome e temos muito o que conversar.

Miguel aceitou a sugestão. Despediram-se de Clara.

Durante o caminho, tio e sobrinha entravam em lojas para ver discos, livros, roupas. Miguel fazia observações e Ana prestava a maior atenção. Acompanhava o tio dando palpites, fazendo perguntas e rindo das bobices que ele dizia. Tio Miguel falava bobagem também! Isso era muito interessante. Ele não era chato, nem professoral.

O cheiro da comida vinha até a rua, e isso aumentou o apetite dos dois. Entraram no restaurante.

O garçom sugeriu a mesa. Miguel perguntou se Ana queria se sentar no lugar indicado. A menina concordou. O local era estratégico: ela poderia ver quem entrava e quem saía. Escolheram o que queriam e atacaram o *couvert*. Entre uma torrada e uma azeitona, iniciaram a conversa.

Para surpresa de Ana Maria, Miguel começou a falar sobre as histórias e seu desejo de publicá-las. Eram histórias de um menino...

— Eu conheço uma delas! — interrompeu Ana Maria, deixando escapar o seu segredo.

— Você gostou? — perguntou Miguel, notando o rosto vermelho da sobrinha.

— Gostei. Posso continuar a ler?

— Claro! Só que eu preciso delas logo para enviá-las às editoras.

— Sabe, tio, a conversa que eu queria ter com você era sobre essas histórias. Peguei o caderno sem falar com você...

— Mexer nas coisas dos outros sem autorização não é certo. Espero que você entenda isso. Mas emprestarei o caderno...

A comida foi servida com habilidade pelo garçom. A conversa entre Miguel e Ana ficou mais espaçada. Os dois desfrutavam o almoço com calma, como se quisessem prolongar os sabores, sentindo os temperos e a textura da deliciosa comida.

— Lá em casa, na hora das refeições é a maior bagunça. Todos falam ao mesmo tempo.

— É a hora em que vocês estão juntos — ponderou Miguel.

— Você almoça quase sempre sozinho, não é?

— Na maioria das vezes, sim. Sabe, Ana, as refeições devem ser um ritual. Sejam em qualquer lugar. Hoje em dia, parece que todo mundo quer resolver os problemas na hora de comer.

— Tio, você é muito gente fina!

— Que nada, eu sou um chato!

— Você está querendo elogios, mas só terá... se prometer me levar, e ao Kiko, ao *show* da Madonna.

— Ah, já vi tudo! Esse almoço é uma cilada!

Ana riu. Miguel deu a última garfada, cruzando os talheres.

— Já? — perguntou Ana.

— Recomendações médicas. Tenho que manter o peso.

— Mas eu posso pedir uma sobremesa?

— Pode. Eu vou pedir uma fruta. — Miguel fez sinal para o garçom.

— Como é, você leva ou não leva a gente ao *show*?

— Levo, mas não posso ir comprar os ingressos. Precisamos encontrar alguém pra fazer isso.

— Deixa comigo!

— Cada um paga a sua e a amizade continua. Mas o almoço é por minha conta.

As sobremesas chegaram seguidas de um café e da conta. Miguel perguntou se ela estava a fim de pegar o caderno. Ana concordou. Aproveitaria para ver Albertina. Foram andando lentamente, naquele sábado de preguiça e presságios de um bom domingo.

Ana Maria correu para a biblioteca. Albertina não estava. Miguel desconversou; foi para o seu quarto tirar uma soneca. Ana, interessada no caderno, não se preocupou com a retirada do tio. Acomodada na poltrona, iniciou a leitura de outra história.

HOJE TEM MATINÊ

Assim que o sol bateu na vidraça iluminando o quarto, pulei da cama. Espreguicei, esticando o corpo gostosamente. Vesti de qualquer jeito a primeira roupa que encontrei e corri para o banheiro.

Lá na cozinha, Isaura cantava...

Minha mãe chamou Clara para a mesa. O café estava servido. Entrei na sala. O cheiro de banana frita penetrou no meu nariz. Levantei o braço num gesto de alegria, a boca cheia d'água.

— Não coma depressa que faz mal! — falou minha mãe, ao perceber a voracidade com que eu me debruçava sobre o prato de bananas douradas, cobertas de açúcar e canela.

Acabei de tomar o café, dei um beijo em minha mãe, fiz careta para minha irmã e saí correndo, com uma banana frita na mão.

— Pra onde você vai?!

Já estava atravessando o portão do quintal, quando ouvi a pergunta de mamãe. Voltei e respondi:

— Vou brincar de cowboy *com a turma!*

— Cuidado com essa brincadeira de mocinho e bandido, ela é muito violenta! Não esqueça a hora do almoço. Hoje é domingo e tem matinê. Seu pai precisa sair cedo.

Bati o portão e ganhei a rua.

O serviço de alto-falante entrou no ar. A voz do locutor derramou-se pelos ares, anunciando um samba-canção. Em seguida, tocou um bolero, depois um samba, outro bolero e por fim um rock'n'roll*...*

A música animou os ouvidos daquela manhã domingueira.

Na praça da matriz, em volta de um banco, a minha turma acertava os últimos detalhes para a brincadeira de cowboy. *Ainda não tinham começado a brincar para valer, porque Tinho não queria ser índio:*

— Índio sempre perde!

Tinho batia o pé, vermelho de raiva, sem querer abrir mão da sua posição.

— Índio nunca!

Grita dali, grita daqui, a turma procurava solucionar o impasse. Tinho, irredutível, já estava colocando a brincadeira em risco, quando Nando topou ser o tal do índio e tudo se resolveu.

Três grupos se formaram. Os mocinhos, os bandidos e os índios. Cavalos de pau, espingardas e facas de madeira, arcos e flechas, barbantes, tiras de tecido, cordas e lenços. Todos os apetrechos necessários estavam prontos...

Demos início à brincadeira e fomos a correr pelos fundos dos quintais.

Depois de alguns minutos, quando eu passava por um canto de um muro, ouvi a senha característica:

— Mãos ao alto!

O primeiro bandido se entregou.

O sol, cada vez mais quente, girava no céu azul sem nuvens. Logo após a primeira baixa no seu lado, os mocinhos prenderam mais dois bandidos. Um índio quase foi mordido na bunda pelo cachorro do seu Zeca, ao se esconder de um mocinho.

Juracy, bandido capturado, ficou amarrado na mangueira do quintal de dona Mariquinha, sofrendo com as formigas que subiram pelas suas pernas. Se não fosse ela ter ido ao quintal, o meu amigo teria passado poucas e boas.

No meio da gritaria e do corre-corre, ouvimos a voz de dona Mariquinha:

— Onde já se viu uma coisa dessas? Amarram uns aos outros e vão deixando por aí. Não sei onde é que andam os pais de vocês, que não olham o que vocês fazem!

Eu, que era da turma dos bandidos, fiquei preso numa casa abandonada da rua das Flores. Apesar do dia claro, tive muito medo de ficar ali sozinho. Diziam que aquela casa era assombrada.

Eu sempre tive medo de assombração. Quando me lembrei das histórias contadas por seu Pio, tive vontade de gritar. Senti um arrepio correr pela espinha. Demorou para chegar alguém. Gritei com toda a força e finalmente apareceu um companheiro. Fui libertado.

Assim que me senti livre, saí correndo e, onde deu, fiz xixi. Nem bem tinha acabado, senti na costela a ponta de um objeto.

— Mãos ao alto!

— Que saco! Outra vez?

Resmunguei, mas não teve jeito. Naquele domingo eu não estava com sorte. Esperava não ser trancado mais uma vez na casa mal-assombrada. Contei de um a três preparando a minha fuga, mas fui agarrado por outro mocinho, que amarrou os meus pulsos para trás. Logo que fui amarrado, gritaram: a brincadeira acabou!!

As ruas estavam vazias. A cidade almoçava. Feijoada numa casa, macarronada em outra, frango, carne assada, omelete, refrigerante e sobremesa. Em algumas casas, só arroz e feijão.

Na minha casa, a família saboreava a comida feita pela Isaura. O silêncio rompeu-se na hora da sobremesa:

— Meu pedaço é menor do que o dele! — disse Clara.

— Não, o seu é maior! — gritei, escondendo o prato com as mãos.

— Mãe, ele enfiou a colher da boca no prato do pudim.

— Vocês querem parar com essa confusão?! Vocês são gente ou bicho?

A voz grossa de meu pai pôs fim na bagunça. Comemos do pudim e, antes que ele desaparecesse do prato, minha mãe foi guardando na geladeira.

Ana Maria ouviu barulho na cozinha. "Albertina deve ter chegado. Esse pudim me deixou com vontade de comer um doce." Ao entrar na cozinha, foi recebida com um sorriso:

— Quer alguma coisa, Ana?

— Tem doce?

— Musse de chocolate. Quer?

Sem esperar resposta, Albertina começou a servi-la.

Ana Maria devorou a musse, agradeceu e voltou para a biblioteca, ouvindo o comentário de Albertina:

— De tanto ler, essa menina vai ficar desligada, igual ao tio!

Na biblioteca, Ana retomou a leitura.

Minha mãe, com Tiago, começou a contar as balas, dropes, pastilhas, chicletes e chocolates, arrumando-os ordenadamente no cesto de vime. Tiago era o baleiro do Cine Teatro Cliper. Enquanto o cesto era arrumado, eu e minha irmã vestíamos nossas melhores roupas para ir à matinê.

O cinema, naquela tarde de domingo, estava cheio. Ansioso, esperava o filme.

Eu e meus amigos trocávamos gibis. Regateávamos daqui e dali. Terminávamos as trocas, cada um contando vantagem sobre a revista que tinha conseguido. Eu, como filho do dono do cinema, tinha fotogramas para trocar por gibis.

Os fotogramas eu conseguia com Pedro, o projecionista, e valiam muito. Um de filme de aventura valia dois gibis. Outro de filme proibido valia de três a quatro gibis.

A sessão só começava depois da gritaria.

— Tá na hora! Tá na hora! Tá na hora!

Ao som de palmas, assovios e berros, avisavam a meu pai que estava na hora de parar de vender ingressos e começar o filme.

Reclamação atendida, as luzes da sala se apagavam. A excitação era geral! Ao mesmo tempo, ao som de um gongo, acendiam-se as luzes da ribalta: primeiro as vermelhas, depois as azuis, as amarelas e finalmente as verdes. Aplausos. Era o máximo!

O frio na barriga. O coração batendo mais forte. O silêncio aos poucos se instalava. A cortina branca em frente à tela era aberta lentamente: começava mais uma sessão na matinê do Cine Teatro Cliper.

Mocinhos e bandidos perseguiam-se nas pradarias e nos desertos do Oeste americano. Cidades e aldeias eram invadidas por homens de caras feias. Índios tinham as suas aldeias incendiadas. Eu não entendia o porquê de os índios perderem sempre, sendo expulsos das suas terras. Mas, com tanta gritaria, eu logo esquecia essa questão. Meus pensamentos retornavam para as aventuras de Roy Rogers.

Ríamos muito quando passavam as comédias de Oscarito e Grande Otelo, o Gordo e o Magro, os Três Patetas, Zé Trindade e Mazzaropi. Naquelas tardes calorentas, eu me divertia.

A ação na tela corria entre tiros, poeira e beijos: o mocinho não era de ferro e sempre acabava apaixonado por uma garota de olhos azuis. Nesses momentos de afagos e beijos, assobios cortavam a sala.

O melhor da história era quando o mocinho, depois de ter resolvido tudo, montava o seu cavalo branco e seguia viagem, sem destino.

Tudo era festa, aventura e pura magia, como dizia meu pai. Magia que perdurava para além do FIM.

Ao sair do cinema, com a tarde morrendo, eu levava comigo aquelas imagens, que ficavam na minha cabeça durante muito tempo.

Na volta, eu ia pensando nos filmes que gostaria de assistir na sessão da noite. Todas as vezes que falava nisso, ouvia do pai a seguinte frase:

— Quando você crescer, você vai. Os filmes da noite são para os adultos.

— Está gostando?

Ana Maria estava tão entretida que se assustou ao ouvir Miguel.

— Observava você. Não imaginava que essas histórias pudessem interessá-la. São histórias de um menino... de um tempo...

A voz de Miguel saiu baixa. Ele sentia saudades.

— Tio, você escreve tão bonito... A história da matinê é ótima.

— Você assistiu *Cinema Paradiso*?

— Não. É legal?

— É melhor você assistir. Tem em vídeo.

— Essas histórias são verdadeiras?

— Mais ou menos.

— Pra mais ou pra menos?

— Chega de tanta interrogação. Você não se contentou com elas?

A pergunta ficou no ar, Ana resolveu não insistir. Aproveitou a oportunidade para ir embora. Nesse momento Albertina entrou na biblioteca.

— Dona Clara avisou pra você ligar pra Maju.

Miguel colocou um CD no aparelho. Albertina retirou-se para o interior da casa.

Assim que terminou o telefonema, Ana beijou o tio, mas não alisou o seu cabelo, como tinha vontade. Ao chegar à porta da rua, ouviu:

— Quando chegar, telefone pra mim.

A casa ficou em silêncio. A tarde se escondia e a noite prometia. Albertina, na certa, sairia para gozar a sua folga.

Miguel pensou no que fazer. Poderia jantar fora, ir ao cinema ou ao teatro. Abriu o jornal na página de cinema. Conferiu os horários e, antes que a preguiça tomasse conta, foi para o banheiro.

Durante o banho, Miguel pensou no interesse da sobrinha pelas histórias. Será que elas tinham valor literário ou era ele que despertava a curiosidade da garota? Apesar de se colocar muito próximo dos sobrinhos, Miguel mantinha as suas reservas, os seus mistérios, segundo Clara.

Não se achava misterioso. Era um cara diferente, um homem que se interessava por coisas inusitadas. O seu jeito de ver o mundo, de falar sobre as coisas e de encontrar soluções fugia do previsível. Suas observações às vezes eram curiosas, outras vezes divertidas, incomuns. Mesmo os assuntos sérios, abordava-os de uma maneira peculiar, Albertina dizia que era pelo fato de ele ler muito.

Miguel sorria diante da observação.

O telefone tocou. Miguel continuou seu banho, na certeza de que Albertina atenderia. Qual nada! Quem atendeu foi a secretária eletrônica.

"Que bom! Tenho tempo e poderei tomar o meu banho prazerosamente", pensou Miguel, abrindo o chuveiro no máximo. Começou a cantarolar...

Ana deixou o seu recado:

— Miguel, cheguei em paz. Um beijo.

Ao sair do banho, Miguel ouviu a mensagem. Enquanto se vestia, resolveu entregar o caderno para Ana. Contaria com a opinião dela. Agora tinha que se apressar e sair.

Hoje é Domingo, Pede Cachimbo

Miguel acordou cedo. Leu o jornal enquanto tomava café com leite. O dia amanheceu com céu azul e muito sol. Através da janela, admirava o pequeno jardim muito bem cuidado.

O jornal trazia o de sempre.

Foi para o quintal, onde um mamoeiro carregadinho amadurecia seus frutos. Uma horta deixava aquele pequeno lugar com jeito de casa de sítio. Miguel aproveitou para retirar folhas secas. Arrumou de forma aleatória as pedras trazidas de muitos lugares.

No meio das ervas medicinais, flores, legumes e verduras, ficavam as esculturas de barro adquiridas em Sergipe, em Pernambuco e na Bahia. Miguel ficou por ali, tomando sol, mexendo numa coisa ou noutra. O telefone tocou.

Era Carlos, querendo almoçar com ele. Miguel topou e combinaram: Carlos passaria na casa de Clara, por volta das treze horas. Foi para a biblioteca. Ao abrir a janela, teve a grata surpresa de ver um beija-flor voejando no jardim.

— Se você veio trazer boas notícias, seja bem-vindo!

Miguel falou para a ave. Era um costume da infância, aprendido com Isaura. Deixava-se levar pela superstição, não conseguindo se livrar daquela ideia de que um beija-flor, quando aparece, vem trazendo boas ou más notícias. "Como é que um bichinho tão bonito e delicado pode ser considerado mensageiro de coisas ruins? Não, ele só pode trazer notícias boas." Deixando a ave, foi até a mesa de trabalho. O caderno estava sobre ela.

Passando carinhosamente a mão sobre a capa, Miguel sentiu o peito apertar. As histórias estavam prontas e escrevê-las tinha sido gratificante. Ah, como foi complicado deixar fluírem as palavras. A última vez que tinha passado os olhos em seus escritos, achara que a forma não era boa. O adulto de hoje intrometia-se entre as lembranças do menino que fora um dia. "Quem sabe Ana pudesse me ajudar."

Antes de sair, verificou se tudo estava fechado. O medo da cidade grande infiltrava-se cada vez mais, determinando comportamentos que ele recusava. Uma recusa emocional. Racionalmente tinha que agir com precaução, resguardando-se. Afinal de contas, ele era responsável pela casa, por Albertina e por si mesmo.

Foi recebido com festa. Era bom ser querido pela família. Não que ele sentisse falta de uma. Morava sozinho por querer. Ficaram de conversa fiada, domingueira. Cid tentava convencer Kiko a ir com ele ao futebol.

Ana ficou surpresa assim que recebeu o caderno.

— Cuide dele com muito carinho.

— Claro que eu vou cuidar! — retrucou a garota.

Insistiram para ele ficar e almoçar. Miguel desculpou-se. Tinha outro compromisso.

O Kiko, muito intrometido, perguntou:

— Compromisso com uma namorada?

— Não, Kiko, vou almoçar com um amigo. Não posso?

— Ô tio, perguntei por perguntar.

O interfone tocou. Avisaram que o seu Carlos esperava na portaria. Despediu-se.

Ana foi para o quarto. Abriu o caderno...

NANDO E O AMIGO DO NANDO

Quando eu nasci, minha mãe mandou avisar para a vizinha, só que o recado chegou quando ela estava tendo o seu primeiro filho. Assim, no mesmo dia e quase na mesma hora que eu, nasceu Nando.

Dias depois, minha mãe, muito coruja, me exibiu para a vizinha. Ela me elogiou, mas, no fundo, achava Nando mais bonito. Nós dois, perdidos no meio de panos azuis e brancos, não conseguíamos abrir os olhos por causa do sol. Naquele momento, através dos risos das nossas mães, ficamos amigos...

Cada dia que passava, era uma festa para elas! Entre afagos e mimos, crescíamos...

Ao se preparar para começar novo parágrafo, Clara a chamou:

— Ana, o almoço está na mesa. Hoje é domingo. Não quero passar a tarde arrumando cozinha. Vamos almoçar.

— Já vou, mãe.

Cid e Kiko almoçavam, preocupados em sair para o estádio.

Ana lembrou o pai da compra dos ingressos para o *show*.

— Deixe tudo anotado. Quantos ingressos, o local e os preços.

— O do Miguel fica por minha conta — interveio Clara. Ela queria presentear o irmão. Era uma forma de agradecer o galho que ele estava quebrando acompanhando os filhos para ver a *megastar*.

— Não sei qual é a graça que vocês acham na Madonna! — provocou Cid.

Ana piscou para Kiko e não responderam ao desafio. Além disso, estavam entretidos com a lasanha.

O almoço transcorreu em paz. Ana queria retomar a leitura, mas teve que ajudar a mãe na cozinha.

Assim que deu conta do serviço, Ana retornou ao quarto, querendo terminar a história começada. Estava cada vez mais penetrando no mundo imaginário descrito pelo tio, mas intuía sobre a veracidade dos fatos. Quando Clara entrou no quarto, Ana falava baixinho:

— Maior barato!

— O que deu em você, filha?

— Mãe, o tio escreve tão legal! É o maior barato a história que estou lendo.

— Deixe eu ver.

Ana entregou o caderno para a mãe. Ela passou os olhos na história e começou a sorrir. Em um sorriso misterioso. Sorriso de quem sabia alguma coisa sobre aqueles personagens.

— Esse Miguel não toma jeito. Gosta de remexer no passado.

— Essas histórias são verdadeiras, mãe?

— Não sei, filha. Preciso ler até o fim. Como é que você conseguiu este caderno?

— Conseguindo.

— Você não andou mexendo nas coisas do Miguel, andou?

— Não. O caderno estava em cima da mesa de trabalho dele. Dei uma lida, gostei e ele me emprestou.

Mãe e filha ficaram em silêncio. Pela janela do quarto via-se a tarde indo embora e, com ela, o domingo. E domingo no fim de tarde é um saco! Logo mais chegaria a noite com a promessa da segunda-feira. Promessa nem sempre animadora. Ana pretendia ligar para Maju antes que o Kiko voltasse com o pai. Queria saber como é que tinha sido o fim de semana da amiga.

As duas ficaram de conversa, despreocupadas. Colocaram tudo em dia e ficou acertado que Ana e a amiga iriam juntas ao *show* da Madonna.

Momo e Madonna

Ana ficou alguns dias sem colocar os olhos e o coração no caderno do tio. A escola, os programas com os colegas interromperam sua leitura. A semana passou e a maior novidade foram os ingressos para o *show*. Miguel iria com eles e estava apreensivo. A responsabilidade de levar um grupo de adolescentes para o *show* era muito grande.

A imprensa noticiava a venda de muitos ingressos, alertando para o público numeroso. Mesmo assim, Miguel curtia a ideia de ver o espetáculo. Madonna provocava, debochava e divertia. Além disso mostrava um comportamento sem preconceitos com relação à Aids.

Clara encarregou-se de tranquilizar o irmão: conversaria com os filhos e com os amigos sobre as responsabilidades de cada um. Em meio às discussões sobre a ida ao *show*, Ana pegou o caderno.

REI POR UM DIA

Essa história aconteceu quando eu tinha sete anos. Não tenho muita certeza. O que eu sei é que me chamavam de filho do rei Momo.

Eu não gostava de ser chamado de rei Mominho até que descobri, numa gaveta, uma fotografia de um rei no meio de muita gente fantasiada. Perguntei para minha mãe quem era aquela pessoa. Ela desconversou, disse que eu deveria perguntar para o meu pai. Foi o que eu fiz:

— Pai, de quem é esta foto?

— Quem mandou você mexer onde não devia?

— Pai, responda à minha pergunta.

— Depois, agora eu vou tomar banho e jantar.

Eu fiquei esperando, querendo saber alguma coisa sobre o retrato e sobre aquele rei.

Assim que terminou de ouvir pelo rádio o Repórter Esso, *meu pai me chamou e fomos sentar à porta da rua. Ele se acomodou numa cadeira de lona e eu, no degrau da porta. Aí ele falou:*

— Um dia, alguns amigos que gostavam de Carnaval resolveram que a cidade precisava de um rei Momo. Queriam encontrar alguém que gostasse da folia, pudesse gastar com a roupa e, sobretudo, que fosse gordo. Um rei Momo magro é meio sem graça. Assim pensavam eles. Procura dali, procura daqui, terminaram por encontrar o homem que tinha todas aquelas características. Além de ser gordo, alegre e brincalhão, ele podia fazer a roupa. Era o que eles queriam.

— Pai, e quem é esse homem?

— Deixe eu contar. Nem bem comecei o caso e você já quer saber o final! Como você e sua irmã dormem cedo, não podem ver o rei Momo, que só sai de noite para os bailes carnavalescos. É um costume da cidade. Mas, este ano, você vai ficar acordado e assim poderá esperar e saber quem é ele.

— Esperar até o Carnaval? Mas tá muito longe o Carnaval, não tá?

Meu pai respondeu que não. Era janeiro. Logo, logo chegava o Carnaval. Decepcionado, entrei em casa.

— Que bicho te mordeu, menino? — minha mãe perguntou.

— O pai não quis contar quem é o rei Momo da foto.

— Agora é hora de dormir. Vá escovar os dentes e lavar o rosto.

Resmunguei e fiz o que tinha que fazer. Fui dormir. Quem sabe, se eu dormisse logo, ficava mais perto do Carnaval!

Finalmente chegou.

Na madrugada de domingo, fui acordado por uma cantoria na rua. Corri para a janela, abri uma fresta. Vi um bando de gente na rua. Eles dançavam ao som de tambores e cantavam:

Viva o Zé Pereira!

Viva quem gostar!

Viva o Zé Pereira!

No dia de Carnaval!

Não dormi mais. Fiquei na cama, esperando o dia clarear.

Assim que o sol apontou na janela, levantei e fui direto tomar meu café. Quando entrei na sala, minha mãe falou:

— Não faça barulho, que seu pai está dormindo.

— O pai não vai trabalhar?

— Hoje é domingo de Carnaval, menino. Parece que anda no mundo da lua!

— Mãe, é hoje que eu vou saber quem é o rei Momo.

Essa era a promessa de meu pai. Só consegui esquecê-la quando fui ver os mascarados, na rua central da cidade.

Voltei para casa muito cansado. Depois do jantar, por mais que tentasse me manter acordado, não consegui. Dormi no sofá da sala.

Não me lembro quando fui acordado, mas, quando abri os olhos, vi meu pai no meio da sala, vestido com uma roupa vermelha, roupa de rei mesmo, igualzinha à do retrato. Tinha uma gola branca e um manto com desenhos dourados. Os sapatos também eram dourados e as meias brancas vinham até o joelho.

— Acorda para ver o rei Momo!

Ainda meio zonzo, fui atrás de meu pai até o quarto. Ele sentou em frente ao espelho. Fiquei ao seu lado, olhando aquela roupa vermelha que brilhava à luz fraca do quarto. Meu pai começou a pintar o rosto de branco. Em seguida, pintou de vermelho as bochechas e desenhou uma boca bem maior que a dele com batom. Ficou com uma cara muito engraçada e comecei a rir. Terminou dando uns retoques com lápis preto e colocando uma peruca loira feita de lã. Aí não aguentei mesmo e comecei a gargalhar. Minha irmã entrou no quarto, esfregando os olhos, e, ao nos ver, perguntou:

— Quem é a careta?

Entre um riso e outro, disse para ela que aquilo não era uma careta, era o rei Momo.

— Mas o que é que ele está fazendo aqui?

Meu pai pegou Clara no colo e carinhosamente disse:

— Sou eu, filha, o seu pai. Eu sou o rei Momo. Rei do Carnaval.

A casa foi invadida. Eu fiquei esquecido num canto. Clara metia-se no meio dos convidados e nem estava aí para a confusão. O barulho era muito alto. Minha mãe serviu bebidas. Quando a algazarra estava de ensurdecer; berraram:

— Vamos coroar o rei Momo!

Inesperadamente surgiu nas mãos dos foliões uma coroa dourada, que foi colocada na cabeça de meu pai. Minha mãe entregou-lhe o cetro com muitas bexigas coloridas penduradas na ponta. Com meu pai na frente, começaram a sair. E lá se foram...

Peguei minha irmã pela mão e corremos para a janela. Minha mãe juntou-se a nós.

Na rua a orquestra atacou um frevo e foram todos dançando, com o rei Momo à frente.

O cortejo sumiu na esquina e minha mãe fechou a janela. Quando fui deitar, ela foi até o quarto me dar um beijo.

— Mãe, se o pai é o rei Momo, você devia ser a rainha, certo?

Minha mãe sorriu, passou a mão nos meus cabelos. Quando encostou o seu rosto no meu, vi lágrimas escorrendo pelo seu rosto. Ela desejou boa-noite e saiu do quarto, desligando a luz.

Na penumbra, fiquei de olhos abertos até adormecer ao som da orquestra que vinha através do vento...

Eu era filho do rei Momo!

Ana resolveu insistir mais uma vez sobre a realidade dos fatos e foi ao encontro da mãe, mas desistiu. Não importava ficar indagando sobre a verdade das histórias. Não entraria nessa. Ligou para Maju. Decidiram dar uma volta pelo bairro. Quem sabe encontrariam os amigos! Combinariam a ida ao *The Girlie Show*.

O passeio foi ótimo. Encontraram Otávio! O garoto que deixava Ana encabulada. Encabulada porque Otávio era um gato!! Ela não resistia ao charme dele. Além de bonito, era inteligente, bem informado, o que ficou comprovado pelo papo com as amigas. Otávio queria saber se elas tinham ido ver os filmes da Mostra de Cinema. Se queriam ver *Hamlet*, no Teatro Oficina.

— Otávio, quando você for, dê um toque pra gente.

Beijaram-se e Otávio seguiu seu caminho, deixando um frio na barriga de Ana.

— Esse cara é demais, sei lá!

— Você fica tonta com ele, não é, Ana?

— Ele é a coisa mais fabulosa que eu já vi!

E, nesse papo, continuaram o rolé, até a pracinha. Ricardo apareceu e foram para a sorveteria.

Enquanto saboreavam o sorvete, Ana contou a história do rei Momo. Associaram o Carnaval aos *shows*. Queriam saber se Miguel era careta. Ana defendeu o tio: era um coroa genial!

— Ele vai com a namorada? — perguntou Maju.

— Não.

Ana respondeu prontamente, mas nem sabia se Miguel tinha ou não uma namorada.

A Megaestrela é Nossa

A estrela chegou no dia de Finados. Foi uma festa. A cidade ficou tão frenética que Madonna trancou-se no hotel.

Por outro lado, Ana e sua turma não deixaram Miguel em paz. Ligaram tanto que foi preciso marcar um encontro. Miguel ofereceu a casa. Ficaram todos na maior...

Albertina encarregou-se do lanche. Deixassem essa parte com ela e a reunião seria um sucesso.

Na véspera do *show* se encontraram. Estavam tão excitados que falavam todos ao mesmo tempo.

André achava que os brasileiros eram uns tontos, curvados diante do ídolo. Discutiam o que seria melhor, o *show* do Michael Jackson ou o da Madonna.

A reunião rolou legal. Combinaram o local do encontro, a hora de saída, o que levar e principalmente o que vestir. Encerrado o encontro, cada um tomou seu rumo. Assim que a casa ficou vazia, Albertina colocou tudo em ordem.

— O senhor gosta da moçada, não é?

— É um jeito de estar perto de uma energia que não tenho mais, Albertina. Não tenho filhos... Isso pode dificultar o meu contato com os jovens.

— Mas o senhor é tão moço!

— Se eu fosse tão moço, você já teria deixado de me tratar de senhor.

— Isso não tem nada a ver com o que eu quero dizer. — Albertina deixou a sala.

No silêncio, Miguel ficou pensando sobre o ser jovem hoje, no jovem que ele fora um dia. Um garoto arredio, assustado com o mundo, mas doido para descobri-lo. Viu-se agitado para a estreia do filme *Os reis do iê-iê-iê*, com os Beatles. Relembrou a expectativa ao passar em frente ao Cine Guarani.

Pensou naquela energia desregrada. O riso fora de hora, o corpo sem nenhum controle. O medo e a coragem. A descoberta do corpo. Era isso que recordava naquele instante. Recordações trazidas pelos adolescentes que tinham acabado de deixar a casa. Tanta confusão e desejo! Apesar da idade, Miguel olhava o mundo inquietando-se com ele e para ele. Talvez por isso a sua companhia interessasse tanto àqueles jovens.

No seu tempo de adolescente, as coisas aconteceram de um jeito tão louco e tão rápido que ele às vezes não se dava conta. Agora olhava para trás e sentia o sabor das coisas conquistadas. Queria para os seus jovens amigos a mesma coisa. Iria ao *show* para energizar-se.

A campainha tocou. Era Carlos chamando o amigo para o aqui e agora. As lembranças ficariam para outro momento. Quem sabe retomaria os escritos no caderno, ampliando o arco das histórias.

Carlos era um amigo querido. Era aquele que, sempre presente, dividia tudo e oferecia possibilidades para o exercício do companheirismo.

Miguel abriu um vinho e ficaram conversando.

Eu, Ele e a Madonna

Depois de tanta expectativa, queriam chegar cedo ao Morumbi. Estavam todos lindos. Todos *teens*! Era a primavera prometida. Muitos loiros, morenos, pretos, ruivos indo em bando. Era um público diversificado, atraente e sobretudo barulhento.

Os carros seguiam rumo ao Morumbi. O de Miguel foi socado de gente. Apertaram-se. Brincaram com o aperto dos corpos. Miguel, ao volante, ia rindo contente. Naquele momento era tio e não era. Era adulto, com a certeza de não estar acomodado. No som do carro rolava a estrela da noite: "Sex", "Blonde Ambition", "Erotica", "Material Girl". A cidade a rolar pela janela.

— Primavera pop! — observou Ricardo.

Na mente de Miguel, por um momento pintou: "Primavera de Praga".

Foi um pensamento ligeiro, que passou levado pela conversa dos jovens. Não era hora de encanar numa viagem tipo recordar é viver.

Seguiam em busca da festa...

Era tanta gente! Uma descontração legal! O perigo, o medo, a insegurança eram afastados. Imperava o jogo de corpo. Aquele molejo balançado, impulsionando o ir. Tinha gente de todo tipo. Muitas loiras, muitas ambições.

Ana, Kiko, Ricardo, Maju, Rafaela e André estavam abertos para tudo. Miguel encontrou conhecidos. Cem mil pessoas, um só desejo?

Quando a fila começou a se mexer, uma excitação percorreu os corpos. Foram entrando para o grande ritual. O circo. A festa. O carnaval. Cabaré!

MADONNA

E foi no empurra-empurra que Ana Maria sentiu alguém passar a mão pela sua cintura. Esboçou um gesto para se afastar, mas a voz foi mais rápida:

— Que bom encontrar você, gata!

Ana não acreditou. No meio de tanta gente, conseguiu se encontrar com Otávio. A mão na cintura, a voz no seu ouvido. Um arrepio na pele. Tremor.

— Posso ficar com você?

Era tudo que ela queria.

— Posso?

— Claro!

Miguel foi apresentado a Otávio. E o grupo ganhou mais um componente.

"Será que ele quer ficar comigo?" Baixou aquela insegurança.

De conversa em conversa, ela foi intuindo que sim. Ele queria ficar com ela. Era a melhor coisa que poderia acontecer. Maju sacou tudo. Tratou de desviar a atenção de Kiko. Irmão é irmão. Às vezes entra numas e só enche o saco.

O público gritava. O estádio enchia-se.

Miguel entrava no clima e deixava pintar na cabeça um monte de fatos. Lembranças, sensações.

As luzes se apagaram. Gritos. As atenções dirigidas para o palco. O monstruoso palco, como uma grande boca. Dentro dele, caixa de surpresas, movem-se figuras. Tudo pronto. Começa o *Girlie Show*.

Foi nesse momento, entre o apagar das luzes e o abrir da cortina, que Otávio beijou Ana Maria. Suas bocas juntaram-se. O som explodiu e eles juntos implodiram de desejo. Era como tudo e como nada. Não dava para explicar. E, todas as vezes que Ana Maria retomava aquela noite, não conseguia traduzir o que sentira. Falava, falava e se enrolava. Faltava-lhe o ar.

O *show* rolava legal. Ana Maria e Otávio enamoravam-se ao som de Madonna. Miguel percebeu o envolvimento dos dois, que aproveitavam o embalo dos corpos dançantes para se estreitarem. Num instante, lindo, deu de cara com o olhar da sobrinha. Piscou. Eram cúmplices na felicidade.

A estrela brilhava no palco. Era um grande *show*. A promessa estava cumprida. Rendiam homenagens à madona material. O reverso. A mulher emancipada.

Na saída, Ana Maria ouviu um comentário:

— Essa mulher é uma vagabunda.

Olhou para trás e deu de cara com um grupo de garotos. Deu uma vontade de contestar, mas Otávio pegou na sua mão, puxando-a ao encontro de Miguel. Não valia a pena discutir com aqueles estúpidos, afirmou Otávio ao entrar no carro com Ana e Maju.

Quando estacionaram em frente ao prédio, Miguel esperou os sobrinhos entrarem. Otávio prometeu:

— Ligo pra você amanhã.

Kiko, muito gaiato, gritou para Otávio:

— Falou, cunhado!

— Dá um tempo, Kiko.

Ana deu um beliscão no braço do irmão.

Ana olhou a cidade pela janela do quarto. Naquela noite parecia diferente. Mais iluminada, mais humana, segura, protetora. O mundo todo era ali.

Ela não conseguia esquecer o toque mágico dos lábios de Otávio sobre os seus, e tonteava. Não esqueceria jamais. Guardaria na memória aquela noite. A memória da pele.

É Pra Ficar, é Pra Valer?

Amanheceu no telefone. Não dava para aguentar a hora da escola. Precisava falar com a Maju. Queria um tempo com a sua melhor amiga. Kiko continuava dormindo, melhor assim. Poderia falar o que viesse na cabeça.

Do outro lado da linha, Maju, ansiosa, perguntava. Ana respondia, respondia. Atropelavam-se. Falaram tanto, riram, interrogaram-se. Desligou o telefone, deixando Maju engasgada com algumas perguntas...

Ana esperou. Uma unha se foi. "E se ela ligasse primeiro?", pensou. Não. Era melhor esperar. Estava gostando daquela espera. Sentou-se para tomar o café da manhã.

Quem disse que conseguiu? O sol entrou pela janela e cobriu a mesa luminosamente. A jarra com o suco explodiu em luz sobre a toalha branca. Laranja.

As plantas, na sala, recebiam a energia solar. A poeira dançava no ar. O coração batia no compasso da espera. Otávio tomava conta da sua cabeça.

— Maninha, você tá com uma cara daquelas!

A voz de Kiko trouxe Ana Maria de volta à sala.

— Não amola, Kiko.

— Não estou amolando, estou sacando, só isso. E dou a maior força! Que fome! O *show* foi a maior zona!

Kiko devorou o que tinha na mesa. Rápido e rasteiro tomou o seu café da manhã. Deu um tchau para a irmã e desceu para o *playground*.

E nada de o telefone tocar. Foi para o quarto organizar o material para a escola. Não conseguia. Diante do espelho ficou a se mirar. "Será que o Otávio vai ligar?" Expectativa! Ali, parada diante do espelho, o seu rosto traduzia tantas coisas e ela não conseguia se dar conta.

Tinha de verificar na agenda os assuntos marcados para o dia. Prova? Entrega de trabalho? Não sabia. Era preciso cuidar das obrigações. Nesse momento o telefone tocou. Ana saiu correndo...

Ao pegar no aparelho, o coração acelerou. Eternamente longo aquele momento.

— Ana... sou eu, Otávio.

Aí deu aquele branco. Não sabia o que dizer, ou melhor, sabia, mas eram tantas...

— Ana, o que deu em você, perdeu a voz?

— Oi, Otávio! Pensei que você não fosse ligar.

— Mas liguei, e estou gostando de ouvir a sua voz.

— É legal ouvir você também. Quando é que a gente se vê?

— Se você quiser, passo na escola no final da tarde. Certo?

— Por mim, tudo bem! Valeu...

O papo engrenou e os dois foram tateando, tateando até ficar tudo sossegado. Fizeram-se as primeiras confidências. Curtiam-se. Dava um medo, mas ao mesmo tempo esse medo impulsionava Ana. Será que o mesmo acontecia com Otávio? Ele era um pouco mais velho, não muito. Ana sentia-se no ar. A conversa dos dois seguiu animada...

O rádio-relógio entrou no ar. Gal Costa acordou Miguel. Eram quase onze horas quando a voz da cantora adentrou o quarto. Miguel espreguiçou-se. O canto envolveu Miguel, nostalgicamente. As sensações provocadas pelo espetáculo da véspera estavam tão presentes, mas de longe, de um outro tempo, vinham imagens de Maria da Graça a cantar canções naquele *show Depois do Carnaval*. Ele se viu na plateia do Teatro Vila Velha...

Lá do fundo do baú, pulavam os retratos.

Rolou na cama, cobrindo-se de lembranças.

Viu-se estudando para terminar o colégio, descobrindo o prazer de estar junto de alguém. Aos dezesseis anos se tem tudo e o que não se tem busca-se ou sonha-se. Isso ele tinha feito. Traçara seus caminhos, embora não tivesse planejado muitos deles. Poderia ter feito algumas coisas de uma outra maneira. Mas deixa estar! Não adianta chorar sobre o leite derramado. Ele era o resultado de alguns acertos e outros tantos desacertos.

Gostaria de continuar ouvindo Gal. Mas, só de pensar em sair da cama para colocar um CD, a vontade passava. Que ela cantasse na sua cabeça, como um passarinho despejador de nostalgias! Miguel encolheu-se na cama.

O locutor anunciou nova música. A voz de Madonna ampliou-se no quarto...

Albertina preparava o almoço. O cheiro abria-lhe o apetite.

Depois das Aulas

A tarde despencou em cinza. Fazia um calor abafado, ameaçando chuva. Ana Maria estava ansiosa. Maju e Ricardo gozaram da cara dela. Brincaram e riram a valer. Era sempre assim e, naquele dia, tinham bons motivos. Ao ouvir o sinal, saíram da sala.

— Vai chover!

— Esse encontro vai gorar!

— Pare com isso, Ricardo, você está com ciúmes!

Ricardo não aceitou a provocação de Maju. Os dois foram na frente; Ana Maria retardava o passo. Sentia prazer em controlar sua energia cheia de pulsação. "Como será que vai estar vestido? Ele deve ter vindo do trabalho e não vai poder ficar comigo muito tempo. Tem aula no período da noite. Na turma dele deve ter garotas mais velhas. Por que se interessou por mim? Será que eu estou bem? Tá fazendo um calor e devo ter transpirado muito..."

Ana aproveitou e deu uma conferida, cheirando embaixo do braço.

— Saco! Logo hoje fez tanto calor! — falou baixinho.

— Ana, anda logo! — era a Maju, reclamando.

Ana adiantou-se. O coração na mão. Que ninguém viesse atropelá-la naquele momento. Sentiu no ombro a mão de Maju. Ela dava uma força. Era cúmplice. Ricardo deu tchau.

Até a rua tudo aconteceu assim, de repente. Lá estava Otávio. De costas parecia bem maior, bem mais velho. Ana foi se aproximando, puxando Maju com ela. Quando ele se virou, tinha um saco de pipoca na mão. O cabelo encaracolado caía-lhe na testa. O sorriso aberto traduzia simpatia. Os olhos brilharam.

— Querem pipoca?

Não era tarde, mas o céu escurecido pela chuva tornava o dia quase noite. As pessoas apressadas dirigiam-se para seus destinos. Maju apressou o passo, distanciando-se de Ana e Otávio. Ao dobrar a esquina, virou-se para trás e viu os dois abraçados, beijando-se em meio ao temporal.

Ana chegou em casa encharcada. Maju tinha dado a maior força. Ela estava insegura. Devia ser normal, pensou a garota. Resolveu tomar um banho. Ana deixou a água morna escorrer pelo corpo, provocando leve estremecimento. Agora era um outro estremecer, já que ela tinha chegado em casa estremecida da cabeça aos pés. Um ofegar que tonteava, fazendo a vida girar rapidamente.

Enxugou o corpo. Olhou-se no espelho. Naquele momento gostava dele, mas tinha horas que o odiava. Achava-se gordinha, outras vezes muito magra, um palito. Não adiantavam as opiniões positivas da mãe. Agora, via-se com as formas equilibradas. Poderia crescer mais. Ao esfregar a toalha nos cabelos, recordou-se dos afagos. Otávio...

Ana pensou no seu namorado. Nos seus dezoitos anos, parecia mais velho, mas ela não se intimidava com isso. Otávio tinha uma atitude muito próxima da dos seus amigos, mesmo quando falava sobre coisas que não eram corriqueiras entre eles. Ana, cada vez mais curiosa, gostava de ser provocada, instigada...

Colocou uma roupa confortável, jogou-se na cama e pegou o caderno do tio Miguel. Abriu o caderno:

CAI, CAI BALÃO

"Olha pro céu meu amor, veja como ele está lindo. Olha para aquele balão multicor..." A voz de Isaura,

acompanhando a música pelo rádio, chegou até o quarto. Minha mãe tinha chamado por mim várias vezes. O calor de meu corpo envolto pela colcha branca mantinha-se o mesmo naquela manhã de junho. Manhã de invernia, como dizia seu Pio. Esfreguei as mãos entre as pernas e relaxei no colchão de palha. A macela do travesseiro acalmava o meu despertar.

Além do rádio, ouvia os barulhos da casa sendo arrumada. Era véspera de São João.

— Levanta dessa cama, menino!

Isaura entrou no quarto. Queria terminar o serviço para cuidar de outros afazeres.

— Deixa de preguiça. Essa morrinha não faz bem pra cabeça.

— A canjica está pronta?

— Imagina! A trabalheira nem começou. E, se você continuar na cama, vai atrasar tudo.

Sem esperar pela resposta, Isaura começou a arrumar o quarto. Seu corpo mexia com os movimentos da vassoura. As pernas grossas ficavam marcadas conforme o jeito como ela se abaixava. Eu queria sair da cama, mas estava com vergonha da moça. Esperei o momento oportuno e aproveitei. Saí correndo para o banheiro.

Na cozinha minha mãe preparava um bolo de aipim. O milho debulhado descansava numa gamela. Clara ajudava minha mãe. Logo que entrei, foi perguntando:

— Você já sabe qual é a surpresa do dia?

— Que surpresa?

Minha mãe, percebendo que Clara ia botar tudo a perder pediu-lhe que fosse brincar. Fiquei com a pulga atrás da orelha e insisti com a mamãe: que surpresa era essa?

— Surpresa a gente não conta. Na hora, você vai saber o que é.

Não adiantava perguntar. Minha mãe não contaria nada...

Passei na casa de Nando e fui para a rua com ele.

Na frente de muitas casas, as fogueiras já estavam armadas. Na do seu Alípio acabavam de levantar a árvore e os filhos dele arrumavam a lenha em volta do tronco. Eu e Nando ficamos por ali. Apesar da altura, dava para ver as garrafas de bebida, caixas de sabonete, latas de conserva, brinquedos, tudo pendurado na árvore. Diziam que seu Alípio tinha colocado dinheiro. Juracy veio ao nosso encontro e, muito excitado, mostrava um maço de cigarro que tinha conseguido.

Encontramos com Tinho e fomos para a praça. O serviço de alto-falante entrou no ar. Músicas de São João eram anunciadas pelo locutor:

— De Armando para sua amada, com carinho e afeição... Completa hoje mais uma primavera a garotinha Letícia. Seus pais e irmão oferecem esta página musical...

Na calçada em volta da igreja, nós nos reunimos para fumar um cigarro. Não consegui dar mais que duas tragadas. A garganta ardeu e fiquei tonto. Tinho falou que era por causa da marca:

— Continental! Muito forte.

Juracy estava acostumado. Antes que acabasse, dei mais uma tragada. Começou a cair uma chuva fininha.

Meus amigos queriam saber se podiam ir à festa na casa de meu avô. Falei que sim. Enquanto discutíamos sobre o forró, Magnólia e Zenaide passaram por nós, rindo, comentando alguma coisa. Juracy não se conteve:

— Eu ainda dou um agarro na Magnólia!

— Ela é namorada do Valtinho e só gosta de rapaz mais velho.

Tinho afirmou isso enquanto nossos olhos acompanhavam os requebros das garotas, que olhavam para trás. Na certa sabiam que estávamos falando delas.

— Ela terminou com o Valtinho e eu já tenho dezesseis anos, meu chapa.

Juracy encerrou a conversa prometendo namorar a Magnólia.

— Ela tem nome de flor e ainda vou sentir seu perfume.

O chuvisco passou. Resolvemos andar pela cidade. Os foguetes fabricados por seu Cazuza espocavam no ar. Algumas crianças soltavam bombinhas e eu pensava nas pernas da Isaura. Não tinha conseguido tirar da minha cabeça aquelas formas. A pele morena, suada, brilhava. Um cheiro de mato desprendia-se do seu corpo.

Andamos sem rumo até chegar ao Tanque de Santana, lugar misterioso e proibido na periferia. Nenhum dos meus amigos tinha ido lá de noite, mas já pensávamos em chegar numa daquelas casas, onde mulheres passavam a tarde na janela. O sino da igreja tocou, anunciando o meio-dia.

Em frente à minha casa encontrei papai orientando seu Pio e ajudando na montagem do quadrado da nossa fogueira.

— Vem ajudar ou vai ficar de gerente?

Antes que meu pai se aborrecesse, fui pegando umas lenhas e colocando junto àquelas que eles já tinham arrumado.

— Tenho um presente pra você.

— Deve ser a tal surpresa, não é?

— Quem lhe contou?

— Não consegui saber o que é.

— E espero que ninguém conte. Na hora certa, a sua mãe entrega pra você.

Neste momento, Clara saiu e avisou que o almoço estava na mesa.

Quando a tardinha chegou, a cidade estava cheirando a pólvora. Deixei meus amigos e voltei para casa. Estava na hora de tomar banho e me preparar para a noite de São João.

Apesar do frio, abri a torneira e deixei a água cair com força sobre o meu corpo. O choque fez vibrar a minha pele até me acostumar com a temperatura da água. Fiquei ali, ensaboando o corpo e vendo as mudanças que vinham acontecendo nele.

— Miguel, saia desse banheiro!

A voz da minha mãe interrompeu os meus pensamentos. Enrolei a toalha no corpo e corri para o meu quarto. Antes que fechasse a porta, minha mãe entrou atrás de mim. Trazia um embrulho.

— Aqui está a surpresa. É um presente meu e do seu pai.

Peguei o embrulho e rasguei o papel, doido para ver o que tinha nele. Minha mãe saiu do quarto.

— Vista logo a roupa, para não pegar um resfriado. Está fazendo frio...

Ouvi a voz sumindo pelo corredor, enquanto desdobrava a calça que era o presente. Uma calça. A minha primeira calça comprida. Junto a ela estavam também seis cuecas samba-canção.

Meu rosto refletido no espelho mostrava algumas espinhas aparecendo. Nem um pelo no rosto! Entretido em me olhar, nem percebi que a porta do quarto tinha sido aberta.

— Ainda é cedo pra procurar barba, menino.

Tomei um susto com a voz do meu pai.

— Gostou da calça? Sua mãe vai mandar fazer mais duas. Por enquanto basta. De agora em diante não deixe de usar as cuecas.

Meu pai levantou a mão para passar na minha cabeça, mas interrompeu o gesto no ar. "Deve ser por causa da brilhantina", pensei. Foguetes espocaram no ar. O rádio começou a tocar um baião. Meu coração batia forte...

A varanda da casa do vovô estava toda enfeitada de bandeirolas. A fogueira, muito alta, já estava acesa. Os convidados entravam e saíam. As luzes coloridas das lanternas, a fumaça da fogueira e dos fogos tornavam o ambiente uma ilusão. Na sala, o sanfoneiro afinava o instrumento. Corri para abraçar vovó e mostrar a minha calça. Esbarrei com meu tio Dodó:

— Agora, você tá parecendo um homem.

Vovó arrumava a mesa da sala grande. Sobre a toalha branca repousavam os pratos. Canjica, arroz-doce, bolo de aipim e carimã. Amendoim torrado e cozido, milho e batata-doce. Peru, leitão e farofa. Banana frita com açúcar e canela, cocadas e muitas garrafas de licor de jenipapo.

Clara avisou que meus amigos procuravam por mim. Fui ao encontro deles. A sala já estava com bastante gente e a casa cheirava a assados e temperos. Na varanda, muitos convidados eram servidos por tia Mirinha. Quando a bandeja com o licor passou por mim, peguei um cálice e virei de uma vez só. Minha tia reclamou.

— Você não tem idade para ficar bebendo.

Meus amigos estavam junto à fogueira e ficamos por ali até que meu avô reuniu os convidados na frente da casa. A fogueira estava para cair e era preciso defendê-la. Os convidados esperavam a hora em que a árvore tombasse, agitando-se na expectativa de levar uma prenda. Meu pai, meus tios e os primos mais velhos pegaram as espadas. A lenha ardia em volta do tronco da árvore. As labaredas subiam com a força do vento.

Assim que a fogueira caiu, as espadas foram acesas e como coriscos soltavam fagulhas pelo ar. Minha mãe não gostava das espadas. Tinha medo de que elas invadissem a casa, queimando gente, móveis e objetos. Brincadeira de gente grande, era a primeira vez que eu participava dela.

Vulcões, chuvas de prata, estrelinhas, rojões e foguetório iluminavam a noite. Um balão subiu ao céu, outro caiu logo, para a minha decepção. Eu gostava de ver os balões subirem. Vovó dizia que os balões eram bonitos e perigosos. O professor Osvaldo confirmava, balançando a cabeça, e citava:

— Viver também é perigoso.

Quando a dança começou no salão, eu já estava afogueado por causa do licor bebido às escondidas. Era bom sentir a língua adormecida, as pernas meio bambas, o riso solto. Naquela noite eu não tinha medo de nada. Nem de assombração. E foi com essa coragem que tirei Lia para dançar. Era a primeira vez que eu dançava com uma menina. Lia percebeu que eu não sabia e disse no meu ouvido:

— Fique mais perto de mim, pra não pisar no meu pé, e siga a música.

Criei coragem e encostei meu corpo no dela. Juracy dançava com Marilza de olhos compridos para Magnólia, que dançava com um rapaz da capital.

O forró esquentou. Meu avô, de vez em quando, passava na sala para ver como os casais se comportavam. Quando alguém passava com uma bandeja, eu achava um jeito de pegar um cálice. Sentia um calor subindo pelas pernas, a mão suava, e Lia, de vez em quando, enxu-

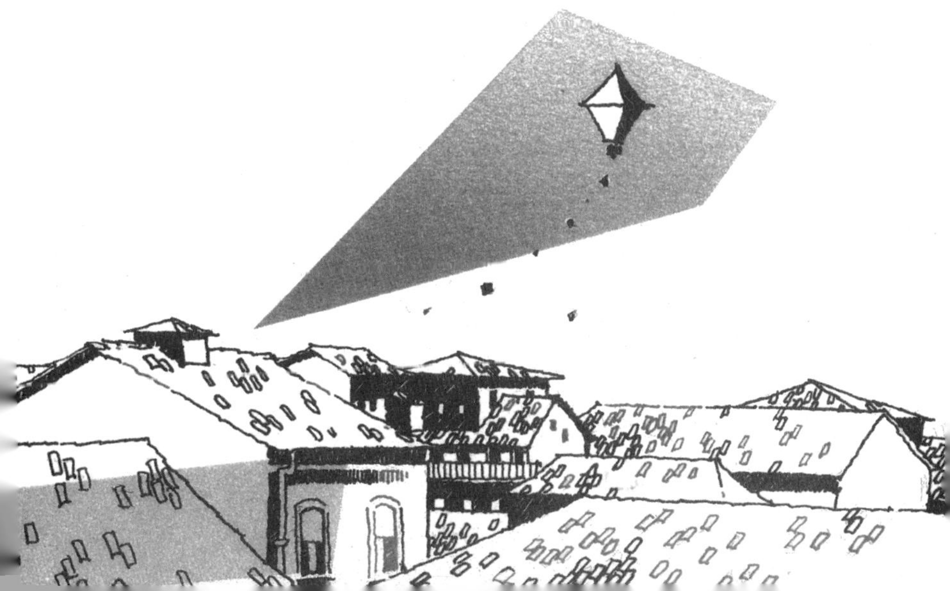

gava a dela no vestido. De repente, quando passávamos pela porta que dava para o jardim da casa, Lia deu um jeito de me puxar para fora e, assim que saímos para a noite, o cheiro do jasmim invadiu-nos...

Ficamos em silêncio em meio à sombra da acácia, xodó da minha avó. "Se alguém encontrar a gente aqui, é capaz de pensar que estamos namorando no escuro. O pai de Lia pode não gostar. Estou com medo..."

O silêncio ficou parado entre nós. Eu só ouvia a sanfona e o arrastar dos pés no assoalho. Parecia que o tempo não passava. Um rojão brilhou, estrelando o ar de flores luminosas, azuis e prateadas. Foi nesse momento que Lia me agarrou, beijando-me na boca. Tomado pelo susto e surpreendido pela atitude dela, não reagi. Meus braços inertes ao longo do corpo foram puxados pelas mãos dela e senti a sua cintura embaixo do vestido. Nossas bocas juntas eram o retrato da coragem de Lia. Só ela faria isso. Quando eu dei por mim e tentei tocar a sua língua com a minha, Lia saiu correndo para o salão.

Meu corpo foi saindo do torpor. Senti uma fisgada entre as pernas. A calça apertava e o calor era intenso. Fiquei ali não sei quanto tempo, até que alguém se aproximou cambaleando e me abraçou:

— Estou bêbado, amigão!

Senti o corpo pesado de Nando junto ao meu. Perdi o equilíbrio e cambaleei apoiando-me na parede, para não cair. A respiração de Nando no meu rosto era diferente da respiração de Lia. Ficamos abraçados por um breve instante até que ele falou:

— Eu não devia ter bebido. O meu pai vai pegar no meu pé.

Ele se afastou e fiquei sozinho no jardim. Eu não sabia, mas naquele momento tinha acontecido alguma coisa comigo. Tive medo e, quando Nando entrou na sala tentando equilibrar-se, eu percebi que também estava tonto. A minha cabeça rodava e era pura confusão. Lá dentro de mim eu ouvi uma voz que dizia: "Não pecar contra a castidade".

Não lembrava quem tinha dito isso. O padre, um professor, ou minha mãe? O que eu sei é que, naquela hora, a voz era irritante...

Tarde da noite desabei numa cadeira.

No outro dia, acordei na minha cama e, para meu espanto e desconcerto, percebi que a calça do meu pijama estava com uma mancha amarelada. Peguei do chão o papel de seda vermelho do presente e, no meio dele, encontrei uma etiqueta: Calça Rancheiro número...

Saí correndo para o banheiro.

Devagar, Ana fechou o caderno, como se não quisesse perturbar os personagens, suas descobertas e medos. Ao abraçá-lo sobre o peito, não conseguiu controlar as lágrimas. Não estava triste, mas as lágrimas teimavam em escorrer.

— Ana, minha filha, você não quer lanchar?

Como não obtivesse resposta, Clara empurrou a porta do quarto. Ao perceber a filha sentada na cama, abraçada ao caderno, aproximou-se.

— Filha, você está sentindo alguma coisa?

— Mãe, mãe, me abraça!

Clara não fez nenhuma pergunta. Sentou ao lado da filha e fez o que ela pedia. Ficaram abraçadas, sem dar importância aos chamados de Kiko. "Parece que eles adivinham quando estamos nos dedicando ao outro filho. Ele que espere ou peça ajuda ao pai."

Miguel pegou o prato, puxou o banco para junto da porta da cozinha. A casa estava silenciosa. Sentiu-se sozinho. Naquele dia, estava mais sensível. Lembrou-se do que vira na praça, voltando para casa. No canteiro, nos braços de uma estátua, uma criança dormia coberta de jornais. Se tivesse uma máquina, faria uma foto. Talvez escrevesse uma história baseada naquele menino a buscar proteção nos braços de uma estátua. A miséria e o abandono da criança tocaram no fundo. Uma coisa puxava outra... se continuasse dessa maneira, estaria fadado a uma noite depressiva. Deixou o prato vazio na pia.

O som invadiu a biblioteca. Mozart.

A música costurava os pensamentos. O olhar desviou-se para a cômoda onde os santos antigos misturavam-se aos porta-retratos com rostos conhecidos em variadas situações. Ficou com saudades de alguns... O passado, o presente... Quanto ao futuro, lembrava-se da sua avó, conformada: A Deus pertence!

Aos vinte anos, respondia:

— A mim pertence, minha avó.

E ela, sem querer discutir com o neto, estudante universitário, calava-se diante da provocação.

Marcava com o dedo o compasso da música. Enovelava-se nela. O sono começava a chegar. Estava na hora de se recolher. "Amanhã tenho muita coisa pra fazer. O melhor é dormir, sonhar..."

Quando Ana avisou em casa que na sexta-feira iria para o sítio da Rafaela, foi um deus nos acuda. Pai e mãe encheram a garota de perguntas. O clima só não ficou mais tenso porque Kiko fazia piada de tudo, até que levou a dele.

Queriam saber quem ia. Clara, sem muitos rodeios, indagava se a mãe de Rafaela e se o Otávio...

— Claro, mãe, eu e o Otávio estamos nos... descobrindo. Vamos ficar juntos.

Clara se conteve, mas estava preocupada. Isso de ficar junto era o que ela mais temia. Precisava saber se a mãe de Rafaela iria se juntar ao grupo.

A ida ao sítio passou a ser o assunto da família naquela semana. Os jantares foram temperados com conversas sobre o passeio. Quando sentiram que a sexta-feira se aproximava, orientaram Ana Maria sobre como se comportar, o que levar, o que comer. Ana pensava: "É como se eu nunca tivesse saído para passar um fim de semana fora de casa".

Kiko ficou imaginando o que aconteceria quando ele dissesse que estava a fim de ir a um baile *funk*. A terra iria tremer. Ainda mais agora, com os aborrecimentos pelo fato de sua irmã ir ao sítio com o namorado. Namorado! Aquilo mais parecia coisa de amigos. Quando ele tivesse uma garota, iam ver o que era namoro.

Ana não saía do telefone. Era ligação para Maju, para o Rick e principalmente para o Otávio. Para a Rafaela, ligava duas, três vezes ao dia, para acertar os detalhes.

Cid reclamava da conta. Isso era mais um indício de que seus filhos deixavam a infância para trás. Viviam outros códigos, outras formas de se relacionarem com o mundo. Mas que a conta telefônica pesava, não tinha dúvidas.

Afinal chegou o dia. Ana foi para a escola, levando a mochila. Clara parecia mais descontraída. Conversara com a mãe de Rafaela. Não precisava arrancar os cabelos. O que tinha a fazer era programar o seu fim de semana. Quem sabe não se animava e fazia um almoço, convidando Miguel e Carlos...

O almoço aconteceu na maior descontração. De vez em quando Clara se traía e o assunto do passeio voltava. Miguel tentou fazê-la cair na real. Que ela deixasse de sofrer por antecipação. Ajudado por Carlos, Miguel levou tudo na esportiva. Brincaram com Clara e Cid e encerraram o almoço com uma gostosa musse de maracujá. Despediram-se elogiando tudo.

A temperatura amena tornava o verão suportável. Os dois procuraram as ruas arborizadas, desfrutando as sombras. Entre um assunto e outro, colocaram em dia suas opiniões, questionamentos e divergências. De repente, estavam em frente ao sobradinho de Miguel...

Lá pelo final da tarde, Ana ligou para a casa do tio.

— Tio, assim não dá!

— O que é que não dá, Ana?

— A minha mãe não para de fazer perguntas. Eu estou ficando de saco cheio. Desde a hora que pisei aqui ela não parou um minuto... Não sei aonde ela quer chegar.

— Ela está nervosa, Ana. Ficou preocupada com você. Mãe é assim mesmo.

— É, família é assim. Sabe, Miguel, ela acha que eu dormi com o Otávio, mas não pergunta diretamente. Fica rodeando e não vai direto ao assunto.

— Espere ela se acalmar e tente dizer isso pra ela.

— Só outra hora mesmo. Agora eu vou ao cinema. Tchau e um beijo.

— Ana, você acaba de chegar e já vai sair? — perguntou Clara, logo que Ana desligou o telefone.

— Vou, mãe. Vou ao cinema. Se eu ficar em casa, vou ter um treco.

— Você me respeita, menina! Treco, treco, o que isso quer dizer?

Ana foi para o quarto cuidar do visual. O interfone tocou. Maju esperava na portaria.

— Você tem dinheiro? — perguntou Clara, agora parecendo mais calma.

— Tenho, mãe, lá no sítio não tinha com que gastar. Tchau! Antes das dez estou de volta. Dá um beijo no pai. Diga a ele que cheguei inteira.

Quando Ana atravessou a porta em direção ao elevador, Clara teve ímpetos de procurar alguma coisa nos pertences da filha. Conteve-se.

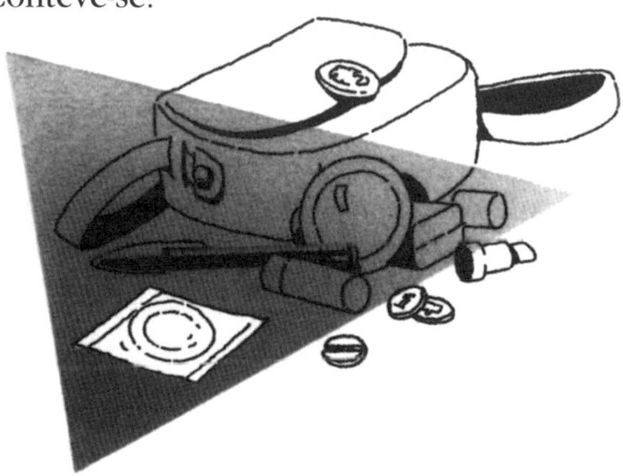

— Falta tudo isto, seu Miguel!

Albertina apresentou a lista.

— Não sei como você tem se virado, Albertina!

Não dava para inventar trabalho, falta de tempo e outras desculpas. Miguel teria de ir ao supermercado. Insistiu para que Albertina fosse com ele. Miguel não suportava ir ao supermercado. Irritava-o a remarcação dos preços, o supérfluo das mercadorias e pessoas passeando pelos corredores como se não tivessem nada para fazer, nem para onde ir, achando que supermercado é programa.

Foram andando. Ao passar na praça, Miguel contou sobre o que vira na noite passada. Falou da vontade de escrever.

— O senhor devia.

— Devia o quê, Albertina?

— Escrever a história do menino. O senhor está distraído, mesmo.

Albertina aproveitou para contar que estava lendo um livro da biblioteca de Miguel. Todas as noites, antes de dormir, lia um pouco. Miguel quis perguntar qual era o livro, mas diante da porta do supermercado, concentrou sua atenção para as compras.

Ao regressar, Miguel encontrou recado na secretária eletrônica. Entre soluços, conseguiu entender uma ou outra palavra. Era Clara. Miguel ficou preocupado. Discou para ela. Clara atendeu mais calma:

— Eu encontrei, Miguel, encontrei na bolsa da Ana. Uma pouca-vergonha! Eu não sei o que fazer. Ela saiu para o curso de inglês e tenho que trabalhar. Só à noite encontro com ela. Não sei como vou aguentar este dia...

— Calma, minha irmã.

— Eu disse para o Cid: essa menina não pode sair por aí, assim, sem mais. Ela é uma menina, Miguel! É bem capaz de o Kiko também carregar camisinha no bolso.

— Clara! Você quer parar e me ouvir? Ana não é uma menina e Kiko vai fazer catorze anos. Depois, minha irmã, não tire conclusões apressadas.

Clara ouviu o irmão, mas em seguida começou a monologar. Miguel ouviu. Precisava deixar Clara falar, senão ela explodiria e não haveria conversa proveitosa entre mãe e filha. Precisava agir, antes que Clara ligasse para o trabalho de Cid, armando a maior confusão. Quando Clara deu uma brecha, Miguel propôs almoçarem.

Apurado, Miguel deu andamento ao que tinha para fazer naquela manhã. O cheiro de cebola frita inundou a casa. Preparou algumas fichas para a consultoria da semana. Pensou na história do menino. A primeira coisa que lhe veio à mente foi um nome: Tuim. O nome de um pássaro? Um apelido? Não sabia. Junto com o nome, chegavam-lhe cenas da periferia da cidade, uma mãe pensando em voltar para o Nordeste, sem dinheiro suficiente para levar os dois filhos.

Adiantou o que tinha para fazer e ligou para a casa da irmã.

Quem atendeu foi a Margarida:

— Ela ainda não voltou do curso de inglês, seu Miguel.

— Assim que ela chegar, diga-lhe que vou passar aí. Não esqueça, Margarida. — Depois, dirigindo-se a Albertina: — Não vou almoçar aqui, mas venho jantar.

Só ouviu os resmungos. Ela estava coberta de razão. Antes de sair, convidou Carlos para jantar com ele.

— Posso fazer um pudim de leite?

— Devia fazer gelatina dietética, Albertina.

— Que coisa mais sem graça!

Fechou a porta apressado. O sol rachava. Pensou no mar. Estava na hora de aproveitar um fim de semana e chegar até Trindade ou Juqueí.

Pegou um táxi. Era preciso ganhar tempo. O motorista tentou puxar conversa, mas não deu para alimentar a vontade dele. Miguel respondia sim e não, sem mesmo saber o que o homem falava. O menino da história entrava pelo meio da conversa que ele queria ter com a sobrinha. Clara, ofegante, confundia-se com Albertina. O fim do ano estava chegando. As ruas e as vitrinas decoradas repetiam-se, vulgarizando os símbolos da festa. Desejou passar o fim de ano na praia. Deixar nas águas as mágoas e mazelas do ano vivido. E lá, no meio da noite, quando o ano-novo começasse a despontar, acenderia estrelinhas como uma criança cheia de esperança. Miguel riu. Um sorriso triste... "Nem todas as crianças são cheias de esperança."

— O doutor está distraído. Chegamos.

A voz do motorista trouxe Miguel para a frente do edifício de Clara. Foi ao encontro da sobrinha.

A conversa demorou a engrenar. Ana estava com a pulga atrás da orelha. O tio não costumava fazer visitas assim de repente. Miguel era imprevisível, mas seguia regras de convivência. Ele estava sem jeito com a invasão. Precisava ter cuidados para não ser agressivo, indelicado. O assunto talvez não fosse constrangedor entre mulheres, mas coubera a ele aquela tarefa. Evitaria o melodrama se avizinhando.

Miguel foi sondando cuidadosamente. Ana informou que estava para terminar de ler as "Pequenas Histórias". Gostara muito daquela que se passava no São João. Miguel aproveitou a deixa. Fazendo uma ligação com a história do garoto, que descobre sua sexualidade, conseguiu chegar aonde queria. Daí para a frente, se não foi fácil, pelo menos não foi constrangedor. Ana percebeu qual era a do tio e, sagazmente, abriu o jogo. Terminaram com um abraço.

— Vou me encontrar com sua mãe.

— Essa conversa comigo vai entrar na roda?

— Vai, mas fique fria.

Miguel saiu. Ana almoçou correndo. Tinha prova na primeira aula.

— Fale mais baixo.

A voz de Clara revelava tremor. Controlava-se. Quase não mexia no prato.

— Não me venha dizer que estou fazendo uma tragédia.

— A situação está mais pra melodrama barato.

— Ana não é sua filha.

— É minha sobrinha. Sinto-me responsável também.

— Não é a mesma coisa. O que foi que ela falou?

— Clara, eu não vou contar o que conversamos. Fique na sua. O que você imagina é pura suposição, ou melhor, cuidados excessivos de mãe.

— Mas eu encontrei uma camisinha, Miguel. Uma camisinha!

Clara aumentou o volume da voz. Como se tivesse desentupido a garganta depois de ter mencionado: camisinha! Clara engoliu uma boa garfada.

— Ótimo. Você deve ficar sossegada. Sua filha mostra-se uma pessoa do seu tempo. Vive o tempo que lhe foi legado. Se acontecer alguma coisa, ela estará livre de filhos fora de hora e livre dessa doença terrível que se abateu sobre nós.

O barulho dos talheres, o burburinho das mesas, o passar dos garçons, tudo isso tomou uma dimensão ínfima diante da fala de Miguel. Os irmãos se olharam profundamente. Clara se deu conta da situação e ternamente passou a mão por sobre a de Miguel. Ele estava sendo realista.

— Você se cuida, meu irmão?

— Se não me cuidasse, não faria a defesa da camisinha na bolsa de uma adolescente. Negar a camisinha é defender

o extermínio. Eu sou pela vida, Clara. Mesmo considerando que a situação é de amargar, eu quero e aposto na vida.

O almoço chegou ao fim. Clara tinha reencontrado o seu eixo, embora revelasse no rosto o ar reflexivo. Beijaram-se. E Clara, timidamente, fez um afago no rosto de Miguel.

Ele ficou ali parado, vendo a irmã se afastar. Aquele toque no seu rosto queimava. Queimava porque fazia tempo que não se tocavam. Vinham de uma família em que o toque era quase proibido. Nem pai, nem mãe, nem irmãos exercitaram o carinhoso e salutar hábito de acarinhar-se. Um aperto no peito parou na garganta e explodiu nos olhos.

Fez sinal com a mão para um táxi.

O jantar da segunda-feira foi silencioso. Assim que terminaram, Kiko e Cid ajudaram a tirar a mesa. Clara e Ana foram ajeitar a cozinha.

Sozinhas falaram do Miguel, da visita inesperada, do almoço... da camisinha. O diálogo foi civilizado. Clara tinha depurado suas inseguranças, suas angústias, seus medos. Ana foi sincera.

— É gozado...

— Gozado o quê?

— Ficam falando da gente e não chegam pra perguntar, pra ouvir, pra saber o que eu penso e quero. A Maju, outro dia, se queixou da mesma coisa. Temos que fazer tudo do jeito que os pais, professores, médicos, padres, políticos querem. Em vez de conversar, trocar umas ideias. Aí a gente fica fula da vida e mete os pés pelas mãos. Você devia pensar nisso.

Clara ficou pensativa... A cozinha estava em ordem. Ana lavou as mãos.

— Passe um creme. Pode usar o meu.

Ao sair, Ana virou-se para a mãe e, galhofeira, disse:

— Mãe, saiba que o Otávio é virgem!

Clara abriu a boca para perguntar alguma coisa, mas parou no meio, estupefata. Uma grande interrogação aterrissou em sua cabeça.

O apartamento foi se aquietando...

Na biblioteca, o som da máquina elétrica rompia o silêncio. Miguel iniciava o conto que narrava as aventuras de Tuim por esse mundo de Deus ou do diabo, ou de ambos. As ideias fervilhavam. Era bom criar. Fazer as criaturas tomarem forma. Sofrer e se alegrar ao decidir os destinos de cada uma. Às vezes, alguns personagens tomavam a rédea de sua vida e seguiam sem que fosse possível conduzi-los. Criador e criatura, no embate pela sobrevivência dos seus quereres. Nessa noite, Miguel exercia com plenitude o seu ofício. Tudo fluía no ritmo da vida, sendo outra a vida que, impressa no papel, surgia...

Quando Clara foi se deitar, passou pelo quarto de Kiko.

— Você precisa de alguma coisa? Achei que estivesse dormindo.

— Parece que perdi o sono.

— Bobagem. Trate de dormir pra acordar na hora certa e não chegar atrasado na escola.

— Mãe, você tem medo?

— Ora, Kiko, que pergunta!

— Tem ou não tem?

— Tenho.

— De que é que você tem medo?

Tantas coisas passaram pela mente de Clara. Eram tantos os medos! Não se dava conta deles... Enfrentava alguns corajosamente. Agora, diante da pergunta incisiva do filho, sentia-se apavorada. Era como se todos os medos, como fantasmas, pulassem à sua frente, assustando-a. Saiu pela tangente. Não era hora de fragilizar-se diante do filho. Acionou o botão de controle.

Kiko esperava uma resposta e ouviu uma pergunta:

— E você, Kiko, de que é que tem medo?

— De a minha vida continuar assim.

— Assim como, Kiko?

— Assim, mãe, paradaça...

— Como?

Ele não respondeu. Antes de virar para a parede e tentar dormir, recebeu um beijo de boa-noite.

No banheiro, Clara se deu conta da bobagem que fizera, não respondendo à pergunta do filho. Na tentativa de protegê-lo, trancara-se um pouco mais. Escovou os dentes e apagou a luz.

A luz na janela da biblioteca sinalizava que Miguel trabalhava ainda. Acabara de reler pela quinta vez a história de Tuim. Estava satisfeito, mas, no fundo, sabia que não tinha resolvido bem o final da história do menino, abandonado na cidade grande pela mãe.

Cansado, Miguel pousou cuidadosamente as folhas na mesa. Ao pensar mais uma vez sobre Tuim, pensou também nos sobrinhos, nas oportunidades que tinham como cidadãos: acesso à educação, à saúde, à arte, ao lazer e, sobretudo, a certeza de serem amados. Miguel desejou ardentemente que todas as crianças do país tivessem o mesmo.

Chegou o Natal

A correria, o nervosismo, o saco cheio e a vontade de se esconder. Fugir da obrigação de presentear e de assumir ares de circunstância, como se dar presente fosse um dever. Miguel exercitava a sua paciência e a civilidade, mas tinha deixado de lado o hábito de confraternizar sob pressão. Gostava do Natal naquilo que ele tinha de popular.

A festa perdida no tempo, gravada na memória, misturava-se ao início das férias. Na infância, gostava de ver os presépios nas casas, de receber presentes e do queijo Palmira comprado para a ocasião. Atualmente sentia falta dele nas ceias natalinas.

Resolvido a simplificar tudo, pediu a Albertina que fizesse um almoço para os sobrinhos e os amigos deles. O encontro foi marcado para o domingo que antecedia ao Natal. Comprou livros para todos e esperou com a casa toda aberta, luminosa.

Ana tinha lido quase todas as histórias do tio, mas, diante do namoro com Otávio e das férias chegando, se ligava em outras coisas. Aproveitaria o almoço para devolver o caderno.

Além dos jovens, Miguel convidara Clara, Cid e Carlos. Albertina começou os preparativos com antecedência. Queria que tudo estivesse em ordem para receber os convidados.

Ana não via a hora de encontrar os amigos na casa do tio, um espaço gostoso. O Otávio estaria indo lá pela primeira vez e encarava o fato sem maiores complicações. É certo que haveria a presença dos coroas, mas a Maju ficaria responsável pelo clima descontraído.

Brincando, a amiga avisou que Ana e Otávio deviam se controlar. Riram muito. Ana prometeu segurar os hormônios. Tentaria. Ultimamente, ela e Otávio não podiam se encostar, era como se saíssem faíscas. Sentia calores e frios repentinos. De repente uma moleza invadia-lhe o corpo. Um verdadeiro desassossego. Conversara com a mãe, mas esta preocupou-se logo. Em vez de responder às inquietações da filha com objetividade, Clara precipitou os seus medos e não se entenderam.

"Será que ele sente as mesmas coisas que eu?" Essa pergunta ficava rondando os pensamentos de Ana. Gostaria de ter com quem conversar. Procuraria ler algo a respeito. Na certa encontraria alguma coisa na biblioteca da escola ou, quem sabe, na de Miguel. Era só dar um toque para que o tio a ajudasse.

No meio de tanta confusão, a garota foi vivendo tudo do jeito como podia e dava. O fim do ano era sempre assim: provas, festas, planos para as férias, passeios. Além disso, era a primeira vez que tinha de lidar com sentimentos tão fortes como aqueles que estava experimentando. Não se dava conta, sentia e pronto. E desejava (como desejava!) mergulhar fundo no torvelinho que era gostar.

Os cheiros de Otávio se misturavam com os dela. As mãos dele em seu rosto e em sua cintura davam uma zonzeira! O ar faltava. Procuraria controlar-se. Não provocaria os pais. O almoço na casa de Miguel não seria estragado por uma discussão familiar.

Ana pensou em levar uma lembrança para o tio. Um presente para o amigo. Ana parecia não compreender muita coisa a respeito daquele homem. Sabia que Miguel era diferente e bastava. Se compreendia, não falava. Gostava do tio e sentia-se segura e instigada por ele.

O almoço transcorreu na maior, todos elogiando a comida feita por Albertina. Miguel distribuiu as lembranças. Foi um alvoroço entre o grupo. Cada um queria ver o livro do outro. Trocaram ideias e opiniões a respeito dos autores conhecidos. Quanto aos desconhecidos, queriam informações. Miguel dizia o necessário. Era melhor que eles descobrissem as histórias e os estilos de cada um escrever. Ana anunciou que o tio escrevia e que, brevemente, seriam convidados para a noite de autógrafos.

— A Ana está dando uma de bruxa, fazendo previsões, mas não devolveu meus escritos, não é? Ainda não tem nada certo. Pretendo enviar um livro de contos para a editora. Até a aprovação final, corre muito tempo.

Ana pediu desculpas pelo esquecimento. Todos torceram por Miguel. Ele planejava enviar as "Pequenas Histórias" assim que entrasse o ano-novo. Era um dos planos para o ano que se aproximava. O outro era uma viagem pelo Mediterrâneo.

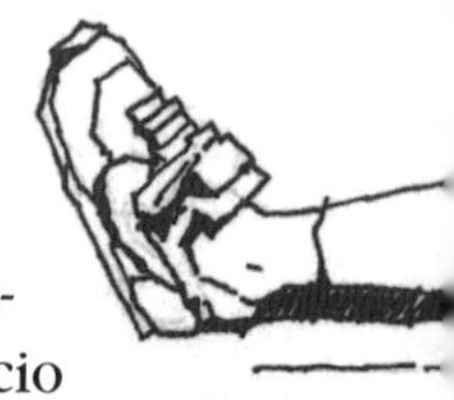

Parado na janela, olhando para o jardim, Miguel deixava os pensamentos vagarem. Desejava ver o livro publicado. Assumir de vez o ofício de escritor. Sentia uma necessidade vital de se expressar através da literatura. Criar personagens e situações vinha se tornando um hábito. Era uma maneira de deixá-lo em sintonia com o mundo. Uma forma de devolver para os outros o muito que recebia.

Carlos se aproximou do amigo.

— Pensando morreu um burro!

— Não vejo a hora de colocar em prática os projetos que tenho aqui — disse Miguel, apontando a cabeça.

— Faço parte desses planos?

— De alguns, sim. Precisamos traçar o roteiro da viagem. Começamos pela Espanha?

— Temos muito tempo até lá. Agora eu quero repetir a sobremesa e sair de fininho para descansar.

— Suba e descanse no quarto de hóspedes. Daqui a pouco a moçada vai sair para outra curtição e a casa vai ficar silenciosa. Eu fico por aqui até tudo se acalmar.

Carlos seguiu o conselho e foi descansar. Miguel reuniu-se ao grupo que estirava-se pelos sofás, poltronas e tapete. Entre Ana e Otávio, percebeu inquietas vibrações. Sentimento e sentidos emanavam dos dois, energizando o ambiente, trazendo recordações a Miguel. A memória entrava em funcionamento. Viu-se adolescente, a descobrir o prazer dos primeiros contatos: o primeiro beijo e as carícias sobre o corpo subvertendo as coisas... Agora precisávamos nos controlar. Vigiar-nos, para não pôr em risco a nós e aos outros. Segurança.

Ana abraçou Otávio. Estreitaram-se de tal maneira que pareciam um só. Os amigos discutiam o que fazer no final da tarde. Estavam com preguiça. Mas a inquietação da juventude fazia com que eles sugerissem mil e uma ideias. Miguel pediu licença e foi para a biblioteca. Colocou um CD e espichou-se no sofá. As pálpebras pesadas mergulharam os olhos na sombra...

Novo, Ano-novo

A festa de Natal transcorreu sem maiores traumas. Miguel ficou com a irmã. Passaram a noite sem a compulsão dos anos anteriores. Todos tinham comentado o fato, alguns reclamando da falta de correria, como se isso fosse uma característica do Natal.

Agora era se preparar a festa de ano-novo. Miguel não era supersticioso, mas gostava de fazer os seus rituais de despedida e ritos propiciatórios. Era o que todos queriam e desejavam: envolver a vida numa aura idealizada, sem crises. Miguel sabia que os rituais fazem parte da vida, da cultura e embarcava na energia coletiva. Alugara uma casa na praia. Queria o mar.

Do grupo que partiu para o litoral, além de Miguel e Carlos, fazia parte Cid com a família e Maju. Ricardo também iria, mas só na véspera do *réveillon*. Otávio, para tristeza de Ana, não confirmara a ida.

Sair da cidade era uma coisa tão relaxante, mesmo com a ameaça da invasão das praias pelas hordas de banhistas esbranquiçados, loucos por sol, bebidas e banhos de mar. Uma pena!

Quando saíram da cidade, Miguel foi alertado por Carlos sobre a tensão e a inquietação de Clara. Não deu muita importância ao fato, mas, quando pararam para almoçar, Ana fez sinal para o tio:

— Quero ir no carro com vocês, pode ser?

— Pode. O que é que está acontecendo?

— Minha mãe está enchendo o saco por causa do Otávio. Ela não quer que ele venha.

— Você se mancou e não ficou provocando a Clara, ou ficou?

— Ah, tio, não dá pra ficar calada. A Maju pode ir comigo?

Retomaram a estrada. Esperavam aproveitar o sol, conhecer a região, tomar pé da situação. Clara não ficou satisfeita com a troca de carro. Tentou demover a filha, mas ela estava decidida. Cid convenceu Clara a não insistir e ela se acalmou. A viagem amenizava os maus humores e as tensões. O mar apareceu depois da curva, anunciando a chegada ao litoral. Estavam cansados e os grilos entre Clara e Ana tinham passado. A casa era grande e tinha espaço para Otávio. Miguel aproveitaria um momento propício para conversar com Clara. Agora era descarregar as bagagens e se instalar no *dolce far niente.*

O sol descambava atrás dos morros, mas se fossem rápidos daria para fazer um passeio. Apesar das muitas casas construídas e dos terrenos ocupados, a natureza era deslumbrante. Na região, a mata atlântica sofria o desmatamento desorganizado, pondo em risco a fauna e a flora. Apesar disso, a mata era exuberante.

Ana ligou para falar com Otávio. Miguel percebeu que a irmã estava, aparentemente, aceitando a ideia da vinda do rapaz. Cada um cuidou de fazer o que queria: ler, ouvir música, jogar, até a hora de dormir.

Amanhecia quando Miguel e Carlos saíram para andar pela praia. O silêncio era cortado apenas pelo barulho da mata. A cadeia de montanhas circundava tudo, ecoando os sons. Aproveitaram o passeio, escolhendo os assuntos de forma que a conversa não viesse perturbar o contato com a natureza. Valia a pena ter descido para o litoral uns dias antes. Permitiam-se isso sem constrangimento, sem culpa. Que se lixassem os compromissos!

Quando retornaram, a casa despertava. Clara os recebeu na sala com um bom café. Ficaram os três de conversa fiada até que os outros se juntaram a eles. Acertaram sobre a festa de fim de ano: comidas, banhos, roupas...

Ana não queria nada formal. Brincou, achando que os adultos pensavam numa festa careta. Cada um teria uma tarefa e a festa seria informal. Nada daquelas coisas de sempre: peru, *tender*, farofa e obrigatórias felicitações. Optaram por peixe, saladas e muitas frutas. Maju comprometeu-se a fazer flores de papel crepom para enfeitar a casa. Kiko pediu à mãe que fizesse camarão na moranga. Cid brincou com o filho:

— Você pensa que eu sou um marajá?

Kiko insistiu. Concordaram em fazer um pouco de camarão.

— Pouco é melhor nem fazer! — reclamou o garoto.

— Um camarão para cada e mais nada, isso se o Kiko deixar alguém se aproximar da moranga! — Ana completou, dando motivos para mais gozação.

— Não vamos colocar em risco a nossa festa — ponderou Carlos, pensando numa solução. — Nós vamos contribuir para que não falte camarão, Kiko. O camarão será bancado por mim e pelo Cid.

Foram para a praia. Perceberam novos grupos na areia. Notava-se pela gritaria, pela sujeira ainda inicial, mas prometendo ser enorme até o final do dia. Não tinha jeito. Miguel quis falar alguma coisa sobre os hábitos privados estendidos ao espaço público, mas viu que pregaria no deserto. Ana pegou-o pelo braço e foram mergulhar.

— Tio, adorei as suas histórias. Aquele menino é você?

— Sou eu, outros meninos que conheci e outros que inventei. Não dá pra separar: aqui sou eu, aqui é ficção. O material sobre o qual trabalho vem da minha observação, da minha experiência e sobretudo da minha imaginação. Pra mim é isso o exercício de escrever. A minha vida é muito desinteressante e sou um personagem que não dá livro.

— Quanta humildade! — falou Ana, com um riso galhofeiro estampado no rosto.

— Não é humildade, não. É a pura verdade.

— Foi legal vocês convidarem a gente. Quando a gente voltar, eu entrego o seu caderno.

— Acho bom. O Carlos precisa de tempo para poder digitar as histórias.

— Por que você não compra um micro?

Uma grande onda pegou os dois de surpresa e Ana ficou sem a resposta. Saíram da água gargalhando com o susto. A garota, ao sair das águas, parecia uma sereia com seus cabelos escorrendo pelas costas. Uma vênus tropical nascendo para enfrentar a vida. Miguel, carinhosamente, viu a sobrinha se afastar.

As ruas do pequeno balneário começaram a ficar repletas de carros. Com isso aumentaram as buzinadas e os xingamentos. Nas ruas mais afastadas do centro ainda dava para transitar e não ser atropelado, mas próximo à orla a confusão era geral. Miguel voltou reclamando.

— Nem aqui temos um pouco de paz! As pessoas não se dão conta do lugar. Transferem para cá a maluquice da capital. Eles podiam agir de outra maneira.

— Tio, você reclama de tudo! Fica querendo fazer a cabeça da gente — criticou Kiko.

— Ô garoto, eu não quero fazer a cabeça de ninguém, eu só quero que você preste atenção para esse tipo de comportamento. Depois reclamam quando somos chamados de povo mal-educado!

— Estamos de férias, tio, cada um na sua.

— Se estamos de férias, não entendo o porquê de tanta pressa, tanta grosseria, tanta sujeira!

A conversa rolou até chegarem em casa e cada um foi cuidar de se preparar para o almoço.

— Tá a maior onda de assalto! — Kiko comentou.

Cid tentou encerrar a conversa, evitando com isso alimentar as tensões de Clara.

— Deve ser fofoca de quem não tem o que fazer ou então estão querendo afastar esse mundo de gente que vai baixar por aqui, tirando o sossego da cidade.

— Que é isso, pai?! A cidade precisa dos turistas. Eles esperam a temporada para tocar os negócios, não vão espalhar essa de horror!

— Tá legal, Kiko, mas não fique dando ouvidos a tudo o que se fala por aí. Tomem cuidado e pronto.

— Não deixem nada aberto quando saírem.

Clara arrematou a conversa e todos continuaram a mastigação, pensando no assunto. Lá fora o sol reverberava no verde das folhagens. A preguiça começou a se instalar no ambiente. A tarde prometia leseira e muita rede.

Ana e Maju, debaixo da jaqueira, faziam planos para a noite de *réveillon*, quando estariam acompanhadas de Otávio e Ricardo.

— Será que eles vão vir, Ana?

Ana bateu na madeira.

— Claro que sim! Você devia ficar com o Rick.

— Lá vem você, Ana!

— Ele é legal, Maju, e gostosão.

As risadas cortaram o ar, a conversa engrenou e as duas começaram a falar alto, pouco se importando com o descanso dos adultos. Baixavam a voz nos segredos, mas voltavam a esganiçar, sem perceber. Miguel e Carlos ouviam as garotas e comentavam sobre a adolescência deles. Os tempos eram outros, mas a inquietação e a exacerbação eram as mesmas.

Comentaram, também, sobre os roubos, enfatizando a apreensão das pessoas com relação aos boatos. Miguel, durante o almoço, não quisera tocar no assunto, mas, estando a sós com Carlos, confirmou a fala de Kiko:

— Na padaria, ouvi coisa pior. Ameaçavam tomar providências caso a polícia não resolvesse a situação. Um grupo conversava junto ao balcão e, pelo que diziam, não são adeptos dos direitos humanos, não. Querem fazer justiça pelas próprias mãos.

— Conversa de botequim. O pessoal fica exaltado, mas são pessoas pacatas. Eles precisam de ajuda — ponderou Carlos.

— Lá vem você dando uma de Madre Teresa...

— Já vi que não dá pra continuar a conversar com você, Miguel.

— Olha, Carlos, do Kiko, mesmo não concordando, eu entendo uma atitude desse tipo, mas de você não.

— Você precisa ser mais tolerante, meu amigo.

— Eu sou tolerante até certo ponto. Não posso aceitar tudo. Assim é impossível viver, meu caro! Não estou gostando deste clima, com todo mundo bebendo, querendo bater, arrebentar. A intuição me diz pra ficar atento...

— Vai dormir, vai, Miguel...

Ana e Otávio. Maju e Ricardo?

Otávio desceu do ônibus, Ana pulou no pescoço dele e os dois giraram, desequilibrando-se até cair ao chão. Maju, preocupada em ver se Ricardo viera, nem deu atenção para o casal que ria, esparramado no passeio.

Desceu todo mundo e nada do Ricardo. Maju, na ponta dos pés, olhava dentro do veículo. Ana, ao ver a amiga desapontada, largou Otávio e deu uma força:

— Não disse que você estava doidinha para ver o Rick? Vamos ligar e saber o motivo do cano.

— Deixe pra lá.

— Deixar nada! Vou intimar o Ricardo a vir e não aceito desculpas.

— Aninha, eu quero trocar essa roupa, vamos! — Otávio puxou Ana pela mão.

Maju seguiu os dois meio desligada. Chateada pela falta de Ricardo, exclamou:

— Que saco!

Ana e Otávio viraram-se para ver o que era. Foi aí que perceberam por trás de Maju o vulto de Ricardo, fazendo imitações da amiga. Desataram a rir.

— O que deu em vocês? Será que podem parar de...

Ricardo agarrou Maju pela cintura. Assustada, tentou desvencilhar-se do abraço. Assim que os braços relaxaram na sua cintura, Maju virou-se e deu de cara com o Rick, colado ao seu corpo. Que surpresa!! O coração disparou num batuque sem igual. O calor aumentou. Era o verão, o verão saindo dela.

— Maju, bateu uma saudade e pensei que a gente podia...

Ricardo não continuou. O rosto da Maju estava tão próximo ao seu que valia um beijo. Afoitamente, colou seus lábios nos da garota. Ficaram parados, ali no meio da rua, sob os olhares de Ana e Otávio. Maju ouviu a música que vinha de um bar. Caetano tocava na FM:

A franja da encosta
Cor de laranja
Capim rosa-chá
O mel desses olhos luz...

Otávio entrou na casa dos fundos, procurando o quarto onde ficaria com Ricardo. Adiantou-se, doido para deixar a mochila e colocar uma roupa de banho.

Empurrou a primeira porta que encontrou e deu de cara com Miguel e Carlos. Como não esperava encontrá-los ali, Otávio ficou sem graça. Sentiu-se invadindo a privacidade alheia. Deu bom-dia, pediu desculpas e foi informado de que seu quarto era o seguinte. Fechou a porta e foi em frente.

— Vamos, cara, que demora!

— Calma, Ricardo.

— Calma que nada, eu quero é cair na água. A Maju e a Ana estão esperando.

— Vamos trocar de roupa...

Otávio, empurrado por Ricardo, seguiu para o dormitório. O encontro com Miguel e Carlos não saía do seu pensamento.

— Você tá estranho, cara. Viu fantasma?

— Larga do meu pé, Rick.

As ondas quebravam na praia e a água convidava ao mergulho. Na areia, muita gente. Começava a ficar difícil encontrar um lugar para estender a toalha, mas não adiantava reclamar. O zum-zum sobre os assaltos deixava os banhistas tensos e exaltados. Os amigos não deram muito ouvido. Nada de concreto era comentado. Era sempre alguém contando o que ouvira, aumentando o ponto.

Otávio se afastou com Ana. Foram andar pela praia. Queriam desfrutar aquele momento, matar a saudade.

Ela recebeu um beijo e os dois correram de encontro às ondas que batiam na areia. Sentiam-se no ar. Se aquilo era felicidade...

Maju e Ricardo não pararam de falar. Pela primeira vez, viam-se de outra maneira. Lembravam-se das indiretas, das atenções, dos olhares e agora podiam trocar impressões sobre tudo aquilo sem meias palavras. Brincavam na areia, encontrando-se, agora, como namorados. Estavam juntos e isso era bom. Encontravam-se.

NOITE DE *RÉVEILLON*

A mesa posta, a sala enfeitada com flores de papel crepom e galhos de pitangueira. Miguel, Ana e Maju defumaram a casa, do fundo para a frente, queimando as energias ruins. Acenderam velas em muitos lugares. Queriam luzes, muitas luzes! Clara preparou a mesa para a ceia, torcendo para que o camarão na moranga desse para todos.

A praia esteve cheia. No final da tarde, as filhas de santo começaram a preparar os pejis em homenagem a Iemanjá. A noite prometia fraternidade, iluminada pelos fogos que desde cedo espocavam, como aviso de boas-novas.

Otávio, Ana, Ricardo, Maju e Kiko conversaram sobre os planos para o ano-novo. Todos tinham sido aprovados e, com exceção de Otávio, que já estava no colegial, e Kiko, que passara para a sétima série, os outros iniciariam o colegial no próximo ano. Cobriam Otávio de perguntas, querendo saber sobre as matérias novas, as responsabilidades, as perspectivas no colegial.

Na primeira oportunidade, Otávio perguntou:

— Você gosta de mim?

Ana fez seu charme, mas deixou claro que sim. Aquele jeito seguro que ele tinha, aquele jeito gostoso de ser, entre o sério e o divertido, fazia de Otávio um cara sensacional. Isso atraía Ana. Fizeram planos para o ano-novo e foram tomar um suco despreocupadamente.

Enquanto esperavam a passagem do ano, foram surpreendidos pelos gritos de "pega ladrão". As vozes cortaram a noite de forma violenta. Correram até a janela, mas tudo parecia calmo. Da vizinhança vinham os risos, a música, o espocar dos fogos. Da praia vinham os sons dos atabaques saudando a rainha do mar.

As lanternas de papel colorido pontilhavam as sombras de luz. Miguel ficou na rede, bebendo vinho branco, ouvindo música. Estava em paz e gostaria de estendê-la pelo resto do ano vindouro, mas sabia que isso era impossível. Os belos momentos da vida eram assombrados pelas aflições do cotidiano. Carlos veio sentar por perto.

Clara deu-se conta da serenidade que tomara conta dela. Seus fantasmas, ela os tinha afastado para longe. Que fossem dormir bem longe para que ela pudesse curtir a passagem de ano sem atribulações. Da janela, ouviu o riso dos jovens. Cid aproximou-se da mulher. Abraçou-a pela cintura. Aquele gesto deixou Clara enternecida.

— O Miguel me contou que está programando uma viagem para a Europa. Poderíamos aproveitar a carona dele. O que é que você acha, Clara?

— Vou incluir nos meus pedidos para o ano-novo!

— Estou com fome. Você não vai esperar a meia-noite para servir a ceia, vai?

— Ih, deixe de ansiedade! As crianças estão chegando...

— Você não perde a mania de chamá-los de crianças.

— É costume... de crianças eles não têm mais nada.

Cid afastou-se em direção à varanda onde estava o cunhado, sentindo no corpo o perfume de Clara.

Os jovens, sentados na escada da varanda, conversavam e riam. Riam alto. Gargalhavam. O riso foi cortado pelo som de um acordeom. O som, magicamente, atraiu a todos para o portão. Admirados, viram passar pela rua um grupo de pessoas acompanhando o músico que tocava uma valsa, dessas antigas. Duas mocinhas iam na frente, queimando fogos que estrelavam o ar de azul. A fumaça neblinava a rua...

O som foi sumindo até o grupo se perder na penumbra da curva, onde uma mangueira frondosa estendia a sua sombra, anoitecendo ainda mais a noite escura.

A voz de Clara trouxe-os de volta.

— Vamos comer...

Meia-noite! Fogos cortaram o ar. Cid abriu o champanhe. Abraços e beijos carregados de emoção. Folhas de louro e sementes de uva foram guardadas. Feliz ano-novo!!!

Nos olhos de todos refletiam-se as esperanças. Confraternizavam. Era como se todos estivessem criando reflexos do que acreditavam ser o paraíso.

Miguel, pensando na liberdade como poder criador, se alegrava. Dividia com todos sua crença num futuro melhor. Para tanto, cada um teria de dar a sua contribuição, a menor que fosse, na concretização de uma vida com mais qualidade.

Os jovens resolveram sair para o centro da cidade. Queriam um lugar para dançar. Clara sugeriu aos adultos uma volta pela praia.

Em meio aos cantos e danças, receberam um banho de alfazema e, perfumados, andaram pela areia, molhando os pés na água fria do mar. Não se deram conta da passagem do tempo e, quando resolveram voltar para casa, a madrugada já ia longe. Ao se aproximarem do conjunto residencial, ouviram uma gritaria que, ao primeiro momento, parecia uma comemoração exacerbada. Mas não era...

No meio de um grupo, um rapaz franzino era empurrado de um lado para o outro. Homens e mulheres, armados de paus e barras de ferro, batiam no infeliz que já não conseguia gritar. Os gemidos cortavam a noite e eram desesperadores. O rapaz apanhava e seu corpo brilhava na luminosidade vinda do poste.

Esse brilho era causado pelo sangue que lhe escorria pelo corpo. Quando ele caiu sem forças, Miguel pensou que o grupo desistiria de continuar a brutalidade, mas enganou-se. Sem que ninguém ordenasse, despejaram um líquido em cima do corpo ensanguentado. A chama de um fósforo se fez clarão iluminando a rua e o rosto das pessoas. Miguel, espantado, avançou gritando:

— Assassinos! Assassinos! Parem com isso, suas bestas! Parem com isso!

— Cale a boca, defensor de bandido.

Clara avançou sobre o irmão, procurando tapar-lhe a boca. Quanto mais insistia naquilo, mais ele gritava e se debatia na tentativa de enfrentar o grupo. Os gritos de Miguel dispersaram os agressores.

Cid, percebendo que Miguel poderia sofrer a mesma violência, segurou o cunhado pelo tronco, ao mesmo tempo que pedia ajuda a Carlos. Foi inútil. Carlos não conseguia sair do lugar. Hipnotizado, não conseguia desviar os olhos da tocha humana.

Clara gritava pelos filhos. Seus gritos juntaram-se aos gritos de Miguel, despertando a curiosidade de outras pessoas.

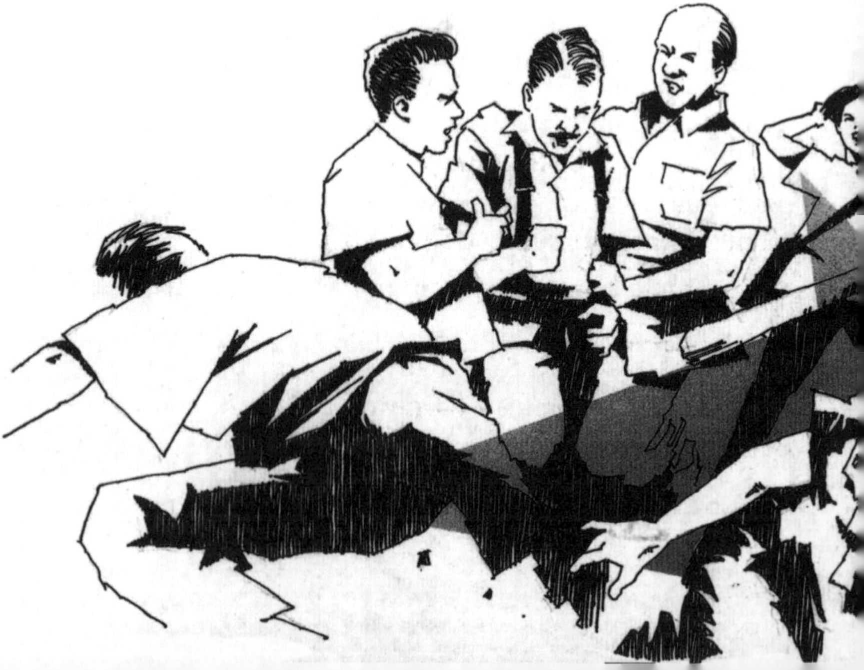

Alguém gritou pedindo um cobertor. A correria e a confusão aumentaram e não se sabia mais quem era o agressor. Os paus, as barras de ferro e o vasilhame de gasolina tinham desaparecido. Quando se ouviu a sirene da viatura policial, a maioria das pessoas já tinha se afastado, escondendo-se no anonimato...

Cid conseguiu fazer com que Carlos saísse da catatonia e, arrastando Miguel, seguiram para casa.

Caminharam silenciosamente. No percurso, as pessoas desviavam o olhar, diminuíam ou apressavam o passo, abaixavam a cabeça, como se isso pudesse apagar os acontecimentos.

Miguel amargurava-se. Carlos tentava de todas as formas racionalizar as emoções. Buscava nas suas certezas uma explicação para o que presenciara. Não dissera nenhuma palavra. Miguel, percebendo o seu estado, passou o braço pelo

ombro do amigo. Ao sentir-se amparado, Carlos soluçou. Num sussurro, quase um grunhido, disse:

— Eu preciso apagar...

Cid conduziu Carlos para o interior da casa. A penumbra na madrugada era um abrigo reconfortante. Foi aí que Clara, voltando pelo corredor, gritou que os filhos não estavam. Nem eles, nem os amigos.

Cid socorreu a mulher. Clara gemia. Abraçada ao marido, era o retrato da dor. Para ela, era como se os filhos estivessem no lugar daquele coitado, lacerado em plena rua numa noite de *réveillon*. Miguel, impulsionado pelos gritos da irmã, saiu porta afora:

— Não deixe ela sair, Cid, vou procurar os meninos.

O mundo amanhecia admiravelmente belo.

A barra do dia clareava os morros ao longe. O dourado explodia em matizes no horizonte. A madrugada recolhia-se tonta de tanta luz. Miguel seguiu pela trilha que dava na praia, subindo com dificuldade a escarpa.

O horizonte tingido pela aurora avermelhava o mar. Por um momento pensou ver a praia deserta, mas, quando seus olhos focaram a distância, viu alguns vultos correndo da areia para o mar. Eles brincavam. Seus movimentos desordenados eram graciosos e cheios de vida. Atraído pelos movimentos, foi até eles...

Miguel apressou o passo na areia, aproximando-se do grupo. Ouvia, com nitidez, gritos e risos cortando o amanhecer. Não tinha certeza, mas pareciam dois casais. A sua presença não perturbara os banhistas. Ao notar, espalhados pela areia, calças e vestidos misturando-se com roupas íntimas, Miguel recuou.

— Tio!

Kiko, saindo das ondas, vinha ao seu encontro. O corpo brilhava à luz do sol nascente. A vida pulsava. Miguel sentiu um tremor nas pernas e deixou-se cair na areia. Atrás de Kiko, vinham Ana e Otávio, seguidos de Maju e Ricardo.

Diante da nudez dos adolescentes, Miguel sentiu-se incomodado. Sentiu vergonha das suas roupas. Emocionado por encontrá-los, soluçou convulsivamente. Kiko se aproximou e, sem se preocupar com a nudez, abraçou o tio. Diante do seu gesto, os outros se achegaram, imitando-o. Miguel foi se acalmando. O contato com os corpos molhados foi como um bálsamo. Ana passou a mão nos cabelos dele, consolando-o.

— Vistam-se e vamos para casa. Seria muito bom que todos nós pudéssemos tomar banho de mar inteiramente nus. Mas não dá, nem hoje, nem... Antes que os cães hidrófobos saiam da penumbra, é melhor colocarem a roupa.

— Aconteceu alguma coisa, Miguel? — perguntou Otávio, preocupado.

— Muitas, Otávio. Agora vamos para casa...

Os jovens vestiam as roupas e, à medida que se recompunham, seus corpos, que se tinham habituado — ainda que por pouco tempo — à água e à luz, agora voltavam à rigidez, respondendo ao aperto dos botões.

— Vocês são muito bonitos. Tentem de todas as maneiras preservar essa beleza.

O grupo se deslocou pela areia até a trilha que levava à casa. Ana abraçou o tio, enquanto ele narrava a pequena e terrível história. Uma barbárie, concluiu.

Antes do meio-dia os carros seguiram pela estrada. Não queriam olhar para trás, para onde o mar rebentava na areia num movimento de construir e destruir, construir e destruir, construir...

PAULO SADAO

Desde pequeno gosto de ler. Lembro-me do fascínio que a estante de uma tia professora exercia sobre mim. Tudo o que caía em minhas mãos eu devorava com prazer. Depois eu descobri o cinema e, entre um filme e outro, mergulhei em tantas aventuras que trago a mente povoada de personagens e situações as mais diversas.

Jovem, entrei para a Escola de Teatro da Universidade Federal da Bahia e continuei lidando, de outras maneiras, com personagens e situações. Em 1973, concluí o curso de História e me mandei para São Paulo. Agora, gostar de escrever só descobri mais tarde, mas foi o teatro que me levou para o ofício da escrita.

Escrevi minha primeira peça, "Brincadeiras", em 1977 e com ela ganhei um prêmio. Um ótimo estímulo! Daí para frente peguei o gosto. Escrevi outras peças e muitas histórias para o extinto programa "Bambalalão", da TV Cultura. Continuei transitando entre o cinema, o teatro e lendo muito.

Em 1989, *Um muro no meio do caminho* foi editado, agora relançado pelo selo Atual. Um livro para as crianças que perderam a rua como espaço para brincar.

Sou arte-educador e tenho muitos ex-alunos por aí, fazendo coisas interessantes. Ensinei e aprendi muito com eles. Por um bom tempo, coordenei um programa de arte na educação, dirigido a crianças moradoras das regiões periféricas da cidade de São Paulo.

Escrever é uma extensão do hábito prazeroso de ler e é sobretudo uma maneira de dividir com você uma parte desse prazer.